JN204893

異世界に行ったら魔物使いになりました！

I'm a Monster Tamer!

佐竹アキノリ
Satake Akinori

ライム
（マーメイドスライム）
実はスライムの女の子。
つるつるでむにむに。
シン・カミヤ
突如異世界に飛ばされ、
魔物使いとなった青年。
スキルを駆使して仲間を増やし、
彼らの主として旅をする。
主な
登場人物
Main
Characters

ケダマ
（ケダマベアー）
食いしん坊の獣。
その毛並みは最高級の
触り心地を誇る。
ゴブ
（ホブゴブリン）
仲間思いでお調子者の
トラブルメーカー。
ウルフ（白狼）
賢く忠誠心の高い狼。
パーティの良心として
活躍する。

1

そこは森の中だった。

木々が鬱蒼と生い茂っており、見通しがまったくきかない場所だ。

「どうなってんだ……」

俺は思わず呟いた。こんなところに来た覚えはない。俺はインドア派だし、最後に山に行ったのだって、もう十年以上前のことだ。

今日も学校からの帰り道、大人気ゲーム「モンスタークエスト」の最新作の発売日ということでゲーム屋に立ち寄り購入し、先ほど帰宅したところだったのだが……

思い返すと、ゲームを起動したのが最後の記憶である。となれば、あのまま寝てしまったか、はたまたなんらかの病で倒れ、病院に運ばれている最中かで、ここは夢の中だろうか。

体は思った通りに動く。いや、むしろ快適すぎるくらいだ。軽く跳躍すると、ふわり、と体が跳び上がる。

俺はそんなに運動能力に優れているほうではなかったが、これなら女の子を抱きかかえて走ることだってできる気がする。もっともそんなシチュエーション、これまでもこれからも、無縁なんだろうけれど。

これならば人生も楽しかろうなあ。運動部に入って、ムカつくイケメンをすっと追い越してやるんだ。そして見た目じゃなくて中身で俺を選んでくれる女の子と付き合って……やめよう、虚しくなってきた。

俺は改めて、自分の体をぼんやりと眺める。

《シン・カミヤ　Lv1》
ATK6　DEF6　MAT6　MDF6　AGI6
【スキル】
「大陸公用語」「鑑定」「主従契約Lv1」「魔物合成」

「うわ、なんだこれ!?」

急に頭に流れ込んできたウィンドウは、モンスタークエストのシステムと似通っている。

ステータスがゲーム通りの意味を持つなら、ATKは攻撃力、DEFが防御力、MATが魔法攻撃力で、MDFが魔法防御力、そしてAGIが素早さということなのだろう。

うーん、確かによく似ているんだが……これほど実感の伴った仮想空間を創り上げるだけのAR技術は日本になかったたし、数千円で買えるゲーム機にそんな機能があるとも思えない。

なんにせよ、今の俺にできることといえば、このシステムを理解することくらい。夢だろうが現実だろうが、モンスターに襲われて食われるのは御免だ。

鑑定スキルを試してみるが、付近のものにはまったく反応がない。さっき見えたのはやっぱり偶然なのだろうかと手を見ると、再び同じ情報が流れ込んできた。物には使えず人間だけに使えるってことだろうか。

スキル名に意識を傾けてみると、その知識が入ってくる。

「大陸公用語」は、どうやら今俺がいる大陸で広く使われているものを指すらしい。

そして「鑑定」。これは魔物と人、そしてスキルに対して使えるようだ。ということは、やっぱりいるんだな、魔物。

「主従契約」は、どうやら魔物を従えることができるらしい。スキルレベルに1を足した数だけ、従えられるようだ。レベルが上がればより多く、よりレベルの高い魔物を引き連れることができるようになる。モンスタークエストの主人公は魔物使いで、基本的に魔物を戦わせるゲームだから、ここがゲームに類似した世界ならば、これが最も重要なスキルになるのだろう。

と、そこまで見ていったところで、草陰に動く物体を見つける。

なんか白いものが見え隠れしているんだが……

《ケダマウサギ　Lv1》

ATK6　DEF9　MAT4　MDF7　AGI6

鑑定を発動させると、情報が流れ込んでくる。一部分だけでも認識できればいいらしい。

どうやら魔物のようだ。いきなり高レベルのが出てこなくてほっとする反面、俺よりもステータスが高いのが気になる。というか、俺のステータスが低すぎるんじゃないか？

奴は草叢からぴょんと飛び出し、その姿を見せつける。

……毛玉だ。

ボールのように丸い体はふさふさの真っ白な毛で覆われている。体自体はあまり大きくないようだが、毛の量が多いらしく、サッカーボールの倍は大きさがあった。

口元を見ればウサギらしいところもあるが、足はほとんど隠れており、耳もあるんだかないんだかよくわからない。

そんなナリとはいえ、多分魔物なんだから、油断すべきではない。

どうすべきか迷っていると、奴が俺目がけて飛んできた。

慌てて回避するも、ケダマウサギは反射するように木を蹴って、向きを変えてくる。

躱したとばかり思っていたせいで、背後から迫られ一撃を食らってしまう。

毛のおかげで衝突の痛みはないが、結構重量があって、俺はそのまま押し飛ばされてしまった。

「くそ、このやろう！」

俺を攻撃した反動でまだ宙にいるケダマウサギを、思い切り蹴り上げる。空に舞い上がったケダマウサギは、地に落ちると瀕死（ひんし）の状態になった。

そういえば、使用制限もないようだから、試してみよう。

俺はケダマウサギ目がけてスキル「主従契約」を発動させる。俺の掌（てのひら）に生じた魔法陣が、ケダマウサギへと向かっていく。そして全身を包み込んだ途端（とたん）――

なにかが繋がる感覚があった。

捕獲（ほかく）に成功したようだ。

ケダマウサギは急に元気になって、俺の元にとことこと寄ってくる。おそらく服従（ふくじゅう）しているのだろう。感覚的なものだが、俺自身のステータスを閲覧（えつらん）したときのように、こやつのステータスが閲覧できる。

それだけでなく、魔物を見ていなくても、おそらく離れていてもステータスが閲覧できることにも気がついた。魔物使いは魔物と一心同体という扱いなのだろうか。

俺はふと、そこで違和感を覚えたので、自身のステータスを確認する。

《シン・カミヤ　Lv1》
ATK7　DEF7　MAT7　MDF7　AGI7
【スキル】

「大陸公用語」「鑑定」「主従契約Lv１」「魔物合成」「小型化」「ステータス還元Lv１」「成長率上昇Lv１」


色々とスキルが追加されていた。

俺のステータスが上がっているのは、この「ステータス還元Lv１」のおかげらしい。ケダマウサギのステータスのうち、スキルレベルに10を足した％だけ、俺のステータスに還元されるようだ。

つまり、スキルレベル1だから11％になる。ＡＴＫを例に挙げると、計算通りなら０・６６の上昇があったことになり、その結果、表記上は6から7になったのだろう。

また、「成長率上昇Lv１」の説明によれば、通常は本体のレベルが1上がるごとに、ステータスは初期値の10％ずつ増えていくらしいが、このスキルがあることによって、レベルが上がったときの成長率がさらにスキルレベル分の％だけ増えるようだ。

まあ、細かいことはいいや。ちょっとだけボーナス補正がかかるってことだ。

それから「小型化」は文字通り、手なずけた魔物を小型化することができるものだ。俺は試しに、ケダマウサギに小型化を使用する。

真っ白な毛玉はみるみるうちに小さくなって、掌に乗せられるサイズになった。

これは持ち運ぶのには便利だ。しかし、この状態で蹴飛ばされたり踏み潰されたりすると、ちょっとまずいことになるだろう。

というわけで、俺はすぐに小型化を解除する。

最後に「魔物合成」だが、このスキルは魔物を二体以上合わせて使うものだから、後で考えよう。

いつまでもこんなところに突っ立っていても仕方がないので、俺は当てもなく歩き始める。ぴょんぴょんとくっついてくる毛玉がいるので、少しは寂しさも紛れよう。

そうしていくと、向こうにまたケダマウサギが見えてきた。

鑑定してみるとレベル2なので、さっきの奴よりもレベルが高い。

こっちに乗り換えるか。

俺は早速主従契約を発動。俺の掌から放たれた魔法陣は、ゆっくりとケダマウサギに近づいていき――躱された。

必中じゃないのかよ！　しかも遅いし！

俺は躍起になって、何度もスキルを使用。十回目くらいにして、ようやくケダマウサギに命中する。だが――

キィン、と甲高い音を立てて、魔法陣が砕け散った。

そこで俺は新たな情報を得る。どうやら主従契約で捕まえられる魔物は、現段階では同じレベルの相手までらしい。主従契約のスキルレベルが上がれば5レベルずつ上限にボーナスが入るようだが……

くそ、今までのスキル発動がすべて無駄だったってことじゃないか。

しかも、スキルはノーリスクで発動できるわけではなかったみたいだ。俺はどっと疲労が押し寄せてくるのを感じていた。

少し休めば回復するだろうが、戦闘中に何度も何度も使うのは避けるべきだろう。

「よし、突撃だ！」

手なずけたケダマウサギに命令を出すと、奴は丸い体にぐっと力を溜め込み、跳躍する。レベルの差もなんのその、相手のケダマウサギを弾き飛ばして、すたっと着地。

俺は近くにあった木の枝を拾って、思い切り敵目がけて叩きつけた。

とどめだけで卑怯な気がしないでもないが、まあよかろう。

すると、敵のケダマウサギの体はゆっくりと散っていき、後には毛皮が残った。どうやら、魔物を倒すとこうして一部分だけ残るようだ。

俺は毛皮をさっと拾い上げると、感触を確かめる。

すげえ、ふわふわだ。高級カーペットなんかにも負けない手触り。

ふと俺はしゃがみ込んで、近くにいるケダマウサギの頭に手を置いて、撫でてみる。当然だが感覚は変わらない。ずっと触っていたいくらいだ。

「よし、とりあえず人のいる場所を探すか」

一頻りケダマウサギを堪能すると、俺は立ち上がって再び出発することにした。

◇

森の中を進んでいくうちに、ケダマウサギとの交戦が数度。相手のステータスはばらばらだったが、どうやら種族としての最大値は決まっているらしく、それを超えることはないようだ。

そうしていつの間にか、俺のレベルは一つ上がって2になっていた。

といっても、ステータス上の変化はない。一応強化されたような気がしないでもないから、多分見えないだけで上がってはいるのだろう。

そんなことを考えていると、向こうにケダマウサギが見えた。鑑定するとレベル2である。

丁度いい。二体目の魔物が欲しいところだったのだ。

手持ちのケダマウサギと挟撃（きょうげき）するため、俺は相手の背後に回る。そして主従契約を発動。

同胞の姿に気を取られていたケダマウサギは、俺の放った魔法陣を背後から浴びた。そして全身に絡みついた魔法陣は……そのまま砕け散っていった。

あれ、だめなのか。

なんでだろう？　確率の問題？

仕方がないので敵の攻撃を躱しつつ何回か試してみるが、どうにも効かない。

……弱らせたところを捕まえる必要があるということか。

よし、じゃあほどほどにダメージを与えるとしよう。

「ケダマウサギ、奴に体当たりだ！」

俺の命令を聞いて、ケダマウサギが動く。どうやら、単純な命令なら聞いてくれるようだ。といっても、多分、こいつは体当たりしかできない。

思い切り突っ込んでいくも、相手のほうが一枚上手だった。俺のほうに向かって飛んでくることで、その攻撃をやり過ごしつつ、俺への攻撃に転じることに成功したのである。

しかし、俺とてやられるばかりじゃない。

向かってくるケダマウサギに対して、腰を落として構える。そしてレシーブの要領で、宙へと打ち上げた。

回転もかかっておらず柔らかいため、痛みはほとんどなくやり過ごせる。そして打ち上がった奴が落ちてくるのに合わせ、俺は木の枝を振る。

直撃すると、大きな音を立てて枝のほうが折れた。

が、それが功を奏したようだ。ケダマウサギはへろへろと地に落ち、ぐったりと横たわった。やりすぎず、適度なダメージだ。

俺はずんずんと近づいていくと、ケダマウサギに主従契約を使用。

奴は怯えたように俺を眺めていたが――やがて魔法陣がすっと溶け込んでいくと、元気になった。

……あれ、これって脅して仲間にしてるだけじゃ。死か服従か、選べと。

早速契約したケダマウサギのステータスを見ると、レベルが1に戻っている。主従契約をするとこうなるらしい。育てるの面倒だなあ。

とはいえ俺がなにもせずとも、魔物が敵を倒すだけで俺にも経験値が入るらしく、レベルは上がっていくようだ。あんまり離れると、経験値も入らなくなるみたいだから、同行する必要はあるのだけれど。

ゆくゆくは、俺は魔物の背中に乗って寝ているだけで、魔物どもがあちこち移動して代わりに戦ってくれるという生活も、夢じゃないかもしれない。

自分で剣を取って戦うより、そのほうがいいな。魔物使い最高だ。

二体のケダマウサギは俺を挟むようにして、なにやら指示を待っている。ああ、そうか。こいつらウサギだから、鳴かないのか。大人しくていいな。

俺はスキルの説明を改めて見ていく。

どうやら「魔物合成」の効果は二つに分けられるようだ。ベースとなる魔物に素材となる魔物を組み込むことで、現在のレベルを引き上げる——要するに経験値が入る——ものと、二つの魔物を組み合わせて新たな魔物を合成するものである。

とりあえず、戦っているうちにレベルは上がっていくから、経験値にするほうは別に試す必要はない。なにより今は新しい魔物を合成するというのが気になる。というわけで挑戦。

俺は二つのケダマウサギを合成する。魔法陣が浮かび上がり、その中に二体が入っていく。

そして魔法陣が強く輝き――

現れたのは、一体の真っ白な毛玉だった。

変わってねえ！　なんも変わってねえよ！

レベルは1に戻ってるし、一体減ったし最悪だ！

……まあいいか、ケダマウサギくらい、何体でも捕まえられるだろう。気を取り直して俺は再び歩き始めた。

それからもう一体ケダマウサギをゲットして、しばらく歩いていくと、別の魔物が現れるようになった。

俺の腰くらいまでしかない、小さな緑の肉体。とんがった耳に、小物っぽくもあり、しかし邪悪そうな顔。まさしく小鬼であった。

《ゴブリン　Lv2》
ATK13　DEF12　MAT4　MDF4　AGI11

ケダマウサギよりも、攻撃と防御が高いようだ。

そういえば、「主従契約Lv1」だと二体までしか捕獲できないけど、その状態で確保するとどうなるんだろう。試してみようか？

俺は小石を拾って投げつける。ゴブリンに命中すると、奴は鋭い牙を剥き出しにして、こちらへと襲いかかってきた。

「ケダマA、突撃！」

真っ白な塊が飛んでいき、ゴブリンの土手っ腹にぶつかって怯ませた。

しかし敵は、すぐに立ち直って向かってくる。

「ケダマB、突撃！」

真っ白な毛玉が放たれる。こちらはゴブリンの足元に命中して、転ばせた。

俺はすかさず敵との距離を詰め、一気に蹴り上げる。ゴブリンは呻き声を上げて、倒れ込んだ。

連携はうまくいったな。といっても、本当に単純な命令しか出せないんだけど。

そもそも、ケダマたちは俺の言葉を理解してるんだろうか？　なんとなく、スキルのおかげで雰囲気だけが伝わっているような気がしないでもない。

ともかく、俺はぐったりしているゴブリンに主従契約を使用した。

奴は抵抗することもなく、契約が成立する。

だが、魔法陣は消えず、足元に広がったままだった。

どうやら、仮契約の状態のようだ。このまま合成するか、解放するかしないといけないらしい。

ケダマたちを合成することで、余った枠に組み込むこともできるみたいだ。

これは大変便利なシステムである。というのも、普段から最大数の魔物を連れていると、合成用の魔物の枠がなくなってしまうからだ。

しかしこのシステムでは別枠でそいつを用意できるため、育てたいお気に入りの魔物たちを手持ちから外すことなく、どこまでも強くできるのだ。

さて、ケダマウサギ同士を混ぜるのはさっき試したばかりだ。となれば、今回はケダマウサギとゴブリンで混ぜるべきだろう。

俺は早速、そいつらを混ぜる。

ケダマウサギがぴょんぴょんとゴブリンのいる魔法陣の中に入っていく。そして、眩(まばゆ)い光とともに新たな魔物が誕生(たんじょう)した。

《ケダマゴブリン　Lv1》
ATK10　DEF12　MAT7　MDF6　AGI11

うわー、ステータス下がったよ。

というか、見た目もケダマウサギとあんまり変わっていない。どこだろう、変化は？

……あった。顔だけゴブリンっぽくなってる。そこかよ。

可愛くないなあ、こいつ。しかも、ゴブリンの声で鳴くし。

もっといい魔物がいればそちらに乗り換えて、こいつは合成して経験値にしてしまおう。

俺はケダマウサギとケダマゴブリンを従えて、再び森の中を行く。

あーあ、なんかいい魔物いねえかなあ。セクシーなサキュバスとか、美人のラミアとか。そういうのが俺の求める魔物なんだよ。

でも、多分レベル高いんだろうなあ。だったらこんな雑魚がたくさんいるエリアにはいるはずもない。今会ったら、俺が殺されてしまいそうだ。

俺はとりあえずケダマウサギで我慢しながら、村を探すのだった。

◇

そうして進んでいくうちに、俺自身のレベルは4にまで上がっていた。しかし、そもそも俺の初期ステータスはかなり低い。スキルによる補正がなければ、ケダマウサギの半分程度しか成長しないんだから、雑魚中の雑魚と言っていいはずだ。多分、魔物のステータスを還元することで強くなるんだろう。

……なるよな？

ならなかったらどうしよう。

今の時点ですでに結構な差がついてきている。レベル1のケダマウサギと変わらないとか、ちょっとへこむ。

おそらく、「主従契約」のレベルが上がって、たくさんの魔物を従えていかない限り、魔物使いの未来はない。

もっとも、そのうち俺自身が戦う必要はなくなるだろうから、たいして強くなくともいいのかもしれない。でも主従関係に胡坐をかいていれば、暗君とみなされて反逆されることもあるのか？

直接攻撃できずとも、間接的にできることもあるから……

そんなことを考えていたので反応が遅れた。ガサガサと茂みが動いている。この揺れ方は、ゴブリンでもケダマウサギでもない。生態について詳しいわけでもないが、何度も見ているので、なんとなくわかる。

新しい魔物か!?

枝葉の隙間から、僅かに黒い毛皮が覗いていたので、俺はすかさず「鑑定」を発動させる。

《ブラックベアー　Lv24》
ATK76　DEF82　MAT22　MDF33　AGI32
【スキル】
「鋭い爪」

……うおおおおお!?

いやいやいやいや、ちょっと待てちょっと待てよ。

ステータスおかしいだろ!?　高すぎだろ!?　俺なんてまだ一桁なんだけど！

っていうかレベル24ってなんだよ。どう考えても初心者向けエリアにいていい魔物じゃないだろこいつ！

やばいぞ……このレベルでこのステータスってことはおそらく、初期ステータスだけでゴブリンの倍はある。そしてレベルもかなり高いから、こちらとの差が半端ないことになっている。

逃げないと……

じわり、と汗が浮かぶ。気づかれたらお終いだ。おそらく、一瞬で距離を詰められ、ああ、きっと俺ははらわたを弄繰り回され、生きたまま食われていくのだろう。

……そんなの嫌だ。こんなわけのわからない状況で、なにも知らずに人生を終えるなんて！　死んでなるものか。なんとしても生き延びてやる。

後ろを素早く確認。

息を殺して引き返していく。できるだけ音を立てないように、存在感を消しながら。

たった一歩。それだけの間に、途方もない時間がたってしまったように感じる。そしてこの進む先に、あいつが待っているんじゃないか、そんな気さえして体が震え出す。

でも……立ち止まったら、そこで終わりだろう。奴は間違いなく、こちらに気がつくはずだ。俺のほかに、二体の魔物がいるんだから。

慎重に下がっていく。ただ、それだけのことだった。しかし――

パキッと乾いた音がした。ケダマゴブリンが、俺のほうに近寄ってこようとして、枯れ木を踏んづけたのである。

草叢から、ゆっくりと巨体が現れた。

真っ黒な毛に覆われた胴体。頑丈そうな牙を生やした口元。そして小さな瞳が明らかになった。

熊なだけあって視力は低いものの、聴力は優れているようだ。

時間をかけて俺たちを見つけるなり、奴はゆっくりと動き出す。

ケダマウサギとケダマゴブリンは、気圧されたのか、慌てて俺のほうに駆け寄ってくる。

声の出せないケダマウサギはまだいい。しかしケダマゴブリンはぎゃあぎゃあと鳴き喚いており、それがブラックベアーを余計に刺激することになった。

奴はがばっと体を広げて威嚇しつつ、俺のほうへと向かってくる。

このまま仲よく握手、なんて雰囲気じゃない。腕を掴んだら、そのまんま胃袋に突っ込まれてしまう。

こうなってしまっては、どうしようもない。威嚇しつつ後退、なんて普通の熊にするようなセオリーは通じない。第一、ステータスに差がある以上、奴に脅しなんて効かないだろう！

くそ！　なんでこんなことになった！

ぴょんぴょんとあとをついてくる魔物たち。

おかげで目立ってしまう。ブラックベアーはそれらを捕食すべく、動き出していた。

「ケダマゴブリン！　突撃だ！」

ぶるり、と震えると、ケダマゴブリンは命令を拒否した。

「突っ込め！　早く！」

俺は自身の中で、なにか変化が起きるのを実感しながら、命令を下した。瞬間、ケダマゴブリンは弾かれるように、ブラックベアーへと飛んでいった。

しかし、ぶち当たった直後、その爪の餌食となる。ほとんど時間は稼げなかった。このままでは、奴はまた追ってくるだろう。

「ケダマウサギ、体当たりだ！　頭を狙え！」

俺の命令通り、ケダマウサギは勢いよく飛び出した。

そしてケダマゴブリンに齧りついているブラックベアーに命中。奴の意識がそちらに向く。

その隙に、俺は木々の合間に飛び込んだ。そして射線上に木を置くようにしながら、一目散に駆ける。後ろからは、けたたましい鳴き声が聞こえてきた。

けれど、振り返る余裕なんてない。俺は俺だけのことで精いっぱいだった。

足がもつれて倒れそうになるのを堪えて、ひた走る。走って走って走って、後ろから物音が聞こえなくなってもまだ走った。

これが夢なら醒めてくれ。そんな願いは聞き届けられない。

わかっていた。ここに来てからかなりの時間がたっている。だから、これは夢なんかじゃない。

息が切れて、足がうまく動かなくなると、俺はそのまま木々の隙間に倒れ込んだ。

とっくに奴は追ってきてはいない。けれど、いつまでも追われているような気がして、気が気でなかった。

なんだよ、くそ。なんなんだよあれ！

思わず地面を叩きつけるが、すぐに怒るだけの気力もなくなって、ぼんやりと森を眺めた。木々は太く、しっかりと天に伸びている。

人が手入れをしていれば、こんな無造作に伸びることはないだろう。

ここにきてようやく、異世界に来てしまったんだ、と実感が湧いてくる。

俺が魔物を倒すことがあるように、俺が魔物に倒されることだってあるだろう。これから先、どうなるんだろうか。

そこで俺は唐突な倦怠感の訪れから、あいつらの死を実感した。

自分のステータスを確認すると、さっきから大幅に下がっていることがわかる。魔物によるステータス還元の効果がなくなったからだ。

そして新しいスキル「バンザイアタック」が追加されていた。俺が先ほど行った命令の結果だろう。動かぬ魔物に攻撃を強制するスキル。最低のスキルだ。

……でも。これがなければ、間違いなく俺は死んでいた。あの行為は、俺が生き延びるためには間違いじゃなかった。

わかってはいるけれど、あまり後味はよくない。

一つ、息を吐き出す。もう動ける程度には落ち着いてきた。となれば、いつまでもこうしているわけにはいかない。まだ震えている手をぐっと握りしめて、俺は立ち上がった。

奴に対抗する術を身につける。

そうすることでしか、ここで生き残っていくことはできないのだ。

俺は周囲を警戒しながら、再び歩き出した。また、一から育て直しである。けれど、そこらの魔物はもう怖くはなかった。とんでもない魔物を目にしてしまったのだから。

そう考えると、少しだけ気が楽になった。

「よし、やるか」

俺は努めて明るく宣言し、ケダマウサギを見つけては飛びかかっていく。

そうした戦いの中、弱らせても捕獲できない魔物もいることに気がついた。どうやら、相手の意志一つで主従契約は断れるものらしい。

やはり死を突きつけることで、脅して服従させていたのだろう。まあ、わかっていたことではあるが。

ともかく、俺の行為が倫理的であろうとなかろうと、やらねばならないのだ。

そうして新しく二体のケダマウサギを従えたところで、主従契約がレベル2に上がった。これで、三体の魔物を取り扱えるようになる。

戦いは数だ。たとえ弱くとも、束になれば時間稼ぎくらいはできる。

俺は早速、もう一体のケダマウサギを捕まえるべく、ぶらぶらと森を彷徨(さまよ)う。ゴブリンはだめだ。あいつは叫んでうるさいから。そのせいで俺は死にかけたのだから、もう御免だ。

どうやら繁殖(はんしょく)している場所には差があるらしく、ここらではケダマウサギがよく見つかった。ゴブリンはあんまりいないため、こちらのほうが捕獲場所としては適切だろう。

木々の向こうに真っ白な背中を見つけると、早速、手持ちのケダマウサギ二体をけしかけた。

背後からの奇襲(きしゅう)を受けた野生のケダマウサギが倒れ込むと、俺はすかさず主従契約を発動させる。もう意識もほとんどなくなっていたのだろう、一瞬で契約が成立した。

俺は三体のケダマウサギを見ながら、合成しようとしたところで、ふと気がついた。三体まとめて合成できることに。

どうやら鑑定によれば、まとめて合成するとちょっとだけお得なようだ。といっても、たいした差にはならないようだが。以前、ケダマウサギ同士を混ぜたとき、変わらずケダマウサギになってしまったのは、別の魔物になるのに要素が足りなかったからであり、合成した成分は残っているみたいだ。

要するに、色々混ぜていくうちに、条件を達成したら変化するようだ。ケダマウサギでも百匹も混ぜれば変わるのだろうか？

俺はなんとなく、三体のケダマウサギを合成した。

《オオケダマウサギ　Lv1》
ATK13　DEF18　MAT10　MDF17　AGI10

でっかくなった！　俺の背丈くらいある！

ステータスもかなり上がってるし、これ成功なんじゃないか？

ちょっと幅を取るけれど、これなら柔らかくて、夜寝るときに最高だな。今晩はなんとか凍死せずに済みそうだ。今の季節はよくわからないが、夏だろうが野外で寝ているのは危険だから。

なんにせよ、これは僥倖である。ケダマウサギ三体で作れるなら、もう一体もすぐに作れるだろう。しかし問題は、その先だ。オオケダマウサギ同士を混ぜて、さらに進化するには何体必要なのか、ということだが……

やめておこう。たぶん、これまで以上に時間がかかりそうな気がする。

素直に、このまま使っていくことにしよう。こいつだって、レベルを上げれば、さっきのブラックベアーに太刀打ちできるだけの魔物にきっとなる。

ステータス的にはそのはずなんだが……のほほんとしたこのオオケダマウサギを見ていると、だめな気がしてきた。

それに多分、こいつの系統で上げていっても、上がるのは防御なんだよなあ。

ゴブリンも混ぜていけば、バランスよくなるだろうか？

やはり、大人しいという理由だけで選んでいてはまずい。間違いなく、叫ぶ魔物のほうが多いんだから、それを避けていたらこれから先の選択肢が狭まってしまう。

とりあえず、魔物を片っ端から混ぜてみよう。だめだったら、オオケダマウサギのレベルを上げるのに使おう。

そう思って、俺は歩いていく。

ケダマウサギに遭遇するも、慣れたものでさっさと捕獲、そしてオオケダマウサギをベースに混ぜて、経験値を上げる。この方法だと、俺に経験値は入らないものの、魔物自体のレベルは素早く上がるようだ。

完全に契約が成立する前段階である仮契約の状態では、魔物のレベルはリセットされないため、そこで合成すれば、効率よくレベルを上げることができる。

そうしていくうちに、オオケダマウサギは次々レベルアップしていく。しかし、ケダマウサギよりは上がりにくいようだ。初期ステータスが高いほど、上がりにくいんだろうか。

このやり方だと俺のレベルは上がらないが、どうせたいして変わらないんだから、これでいいや。

そうしてオオケダマウサギと、捕獲したてのケダマウサギ二体を引き連れて進んでいくと、向こうに緑色の小鬼が見えてきた。

俺はケダマウサギをけしかけて、ゴブリンを弱らせる。レベルの上がったオオケダマウサギを使った場合、勢いで倒してしまう可能性もあったからだ。

主従契約を済ませると、ケダマウサギ一体をオオケダマウサギに混ぜる。レベルリセット後なので経験値はたいして上がらないが、解放するよりはいいだろう。そうして空いた枠にゴブリンを入れた。

そこで俺は、契約または合成以外で魔物を回復させる術（すべ）を持っていないことに気がついた。つまり合成なしでメンバーを維持するには、自然回復を待つ以外ないのだ。

多少弱くとも使い捨てながらやっていくのと、どちらが効率的だろうか。

まだ経験も浅く決定的なことは言えない。とりあえず、傷つけないようにするしかないか。

新しくゴブリンを見つけると、そちらに捕まえたばかりのゴブリンをけしかける。こいつは後程（のちほど）合成するため、多少怪我（けが）を負っても問題ない。

やや戦いが長引くも、俺は予定通り、ゴブリンを捕獲して混ぜる。

そんなことを三体ほど続けると、変化が起きた。

《ホブゴブリン　Lv1》

ATK18　DEF17　MAT8　MDF7　AGI13

やや大柄になって、顔つきが凜々しくなった。ちょっとだけ、ほんのちょっとだけだけど、賢い顔つきになったような気がしないでもない。いや、気のせいか。

けれど、行動は明らかに違うようだ。それまで注意力散漫だったのが、今回はよく反応する。ステータスだけでなく、確実に戦闘能力も上がっているはずだ。

あとはどんどんレベルを上げていこう。

そう思うなり、辺りのゴブリンを片っ端から倒していく。

一つ、二つとホブゴブリンのレベルが上がっていき、なにもかも順調に思われた頃。

茂みの向こうに、動くものがあった。またゴブリンだろうと思った瞬間、黒い毛が揺れる。

まさか、ここでブラックベアーが出たのかと、慌てて鑑定スキルを使用した。

《ダークウルフ　Lv８》
ATK28　DEF16　MAT10　MDF12　AGI30

ブラックベアーではない。そのことにほっと胸を撫で下ろしながらも、油断できない相手であると気を引き締める。

こちらはオオケダマウサギとホブゴブリン、ケダマウサギの三体であるが、向こうは一体。ステータスは相手のほうが上とはいえ、集団で取り囲めばいけるはず。

ダークウルフは、こちらの匂いに勘づいたのだろう。ゆらりと、俺たちの前に現れた。闇夜を思わせる真っ黒な毛で覆われた体の中、青い目だけが爛々と輝いていた。

「まだだ、まだ行くなよ」

俺は魔物たちの中央に行き、ケダマウサギとホブゴブリンを左右に分ける。そして俺が一番前に出た瞬間、ダークウルフは飛びかかってきた。

食いついた！

「ケダマウサギ、ぶっ飛べ！」

横からダークウルフへと突っ込んでいく真っ白な塊。狼は素早く跳躍して回避しようとするも、ぎりぎり間に合わずに巻き込まれ、姿勢を崩す。

「ホブゴブリン、突入！」

俺の号令に従って、ホブゴブリンが飛び込んでいく。ダークウルフを殴り飛ばした瞬間、

「オオケダマウサギ、踏み潰せ！」

勢いよく転がっていったオオケダマウサギは、ダークウルフを下敷きにした。大きくなった分、敏捷性はなくなったが、押し潰すことができるようになったのだ。

俺はその隙に、すかさず主従契約のスキルを使用。魔法陣はオオケダマウサギをすりぬけて、ダークウルフに絡みついた。

それからしばらく、呻くような声が上がり続け、じれったい時間が過ぎていく。

まだかまだかと待っていると、やがて魔法陣が広がることで、従属に成功したことを知る。

このまま経験値にするのも悪くないが、それより戦力の補強だろう。ケダマウサギをホブゴブリンの経験値にし、空いた枠にダークウルフを入れた。

《ダークウルフ　Lv1》
ATK20　DEF12　MAT9　MDF10　AGI21

初期ステータスがかなり高い。敏捷性と攻撃力に優れているのが特徴的だ。

オオケダマウサギの下からのそのそと出てきたダークウルフは、尻尾を足の間にはさみ、おずおずと近づいてくる。それから腹を見せた。どうやら、降伏した証らしい。

おそらく、今連れている魔物の中で、こいつが一番賢いだろう。

頭を撫でてやると嬉しそうにする辺り、中々可愛い奴だ。

俺は魔物メンバーの強化に成功したので、すっかり気が大きくなってきた。

なんせ「ステータス還元」のおかげで今の俺は、そこらのゴブリンと同じくらいのステータスがあるのだ！

……あれ、すげえ弱くね？

やっぱりだめだな、大人しくしておこう。

これまで通り、慎重に進むことにした。ブラックベアーに見つかったら、やはりどうしようもない差があるのは確かなのだから。

2

夜。すっかり日が暮れると、もはや探索（たんさく）は難しくなる。

松明（たいまつ）なんかがあればいいんだが、そう都合よくはいかない。そもそも、この森に人が入った気配がほとんどないのだから。

隠れるのに都合がよく、いざというとき逃げられる場所を見つけたので、俺は木のうろのあたりにオオケダマウサギを押し込んで、その上に寝転がった。

地面を何度も転がってきたため、オオケダマウサギはすっかり茶色くなっている。一応、小型化して泥は拭（ぬぐ）ったのだが、やはり水洗いしないと汚い。

地面に寝転がるよりはましなので、こうしているのだが、茶色い見た目に反して寝心地はいい。元々柔らかいのもあって、多少汚れたくらいではごわごわしなかったのだ。

しかし、これからどうなるんだろうなあ。

もしかして、この辺には人間がいないのだろうか。人のいない世界だったら泣いても泣き切れないや。そもそも生きていける自信がない。

結局、そこらにあるものを食べる気にもならず、俺は今日、なにも口にしていない。

キノコとかはあったんだけど、毒々しい見た目のものばかりで、勇気が出なかった。しかし、この鑑定スキルは不便だな。人と魔物以外に対しては、まったく使えないんだから。

あー、腹減ったなあ。

……ん？　そうだ。ケダマウサギ食えばいいんじゃないか？

俺は自身が寝転がっているオオケダマウサギを見る。毛は確かに多いが、肉の部分はある。

いやでもなあ、魔物だよ、魔物。

倒した後に残った毛皮とかは集めているが、食えるんだろうか。焼いたら旨そうではある。

でも腹壊したら困るしなあ。動けないでいるところに、ブラックベアーがやってきたら、最悪だ。

はあ、どうなるんだろうなあ。

俺が寝返りを打つと、オオケダマウサギがもぞもぞと動いた。

今はダークウルフが見張りをしてくれているため、近くではホブゴブリンが寝ている。

三交代で見張りをしようと思ったのだが、オオケダマウサギとホブゴブリンではちょっと安心できないため、実質、しっかり休めるのはこの時間だけだ。

だからできるだけ早く寝てしまおうと思うのだが、全然寝つけない。体は疲労感でいっぱいなのに、頭は妙に冴えているのだ。

明日困ることになるから早く休みたくても、こうなってしまうと、意識すればするほどに眠りから遠のいていく。

結局、ほとんど寝ることはできず、うとうとし始めた頃には日が昇ってきていた。

夜行性らしきダークウルフは、今は眠っている。魔物にはこうした生活リズムがあるから、単純にステータスだけで選ぶわけにもいかないんだろうなあ。面倒だが、考えるべきことは多そうだ。

俺も朝からそんなに活発に動く気はしなかったので、すぐに出発することはなく、軽く体を動かすだけに留めておく。

風呂に入ってないせいでかなり汚くなっていたのだが、幸いにも今日は雨天だった。雨水を飲んだり、体の汚れを落としたり、オオケダマウサギを洗ったりしているうちに、ダークウルフが起きてくる。

しかし雨が降れば飲み水の心配がいらなくなるとはいえ、視界は悪くなるし、足元はぬかるむ。

慣れと疲労のせいで、ミスも犯してしまいそうだ。気をつけていかなければ。

そうして再び歩き始めると、しばらくは魔物に遭遇せずに済む。寝る前に安全を確保すべく、近くの魔物は昨夜のうちに片づけておいたのだ。

が、やがて木々の向こうに青白い犬の頭を見つけた。胴体は人の体をしているが、ゴブリンとあまり差がない。色違いと言われても違和感はないほどだ。

《コボルト　Lv3》
ATK14　DEF10　MAT4　MDF5　AGI15

どうやら、コボルトはゴブリンよりも素早さが高いようだ。とはいえ、全体的には同じようなものである。ここで、無理にコボルトを混ぜていく必要性は感じない。それより経験値だ。

というのも、レベルは高くなるほど上がりにくくなるからだ。つまり、1から2にはすぐ上がるが、10から11には上がりにくい。しかし、ステータスの上昇する量は一定なので、低レベルのときほど早く強くすることができる。

俺がそんなことを考えながら呑気に指示を出すと、配下の魔物が襲いかかる。コボルトはあっけなく撃沈。

しかし、こいつら強くなったなあ。俺じゃ、一対一になると勝てないな多分。

一応、武器として木の棒を持っているが、歩いているとき邪魔な枝を避けるのに使うくらいだ。

そもそも人間は弓などの遠距離攻撃ができるようになったから、強さを発揮したのだ。つまり、まともな武器もなしに、魔物の相手などできるはずがない。

俺たちはコボルトたちを倒しながら進んでいく。しかし、どうにもコボルトのレベルが高い。

合成のときに確認した初期ステータスがゴブリンのそれと変わらなかったから弱い魔物のはずなのに、なぜレベルが上がったのだろう。

そうしていると、ダークウルフが小さく吠えた。なにか見つけたようだ。

「……ん？」

そこには鎌があった。山菜採りに使うようなものだが、やや錆びている。普段から使うわけではないので詳しくはないが、少なくとも放置されてから一年はたっていないだろう。

となれば、希望が見えてきた。この近くに人里があるかもしれない。

もちろん、魔物しかいない可能性もある。だが、冶金技術を持っている程度には知能が高いはず。このままなにもせずにいるよりはましだ。危なくなれば、引き返して森に入ればいい。

「お手柄だ、よくやった」

ダークウルフは尻尾をふりふり、喜びを表す。

俺は鎌をベルトに差す。どこの誰の物だか知らないが、ありがたく頂くことにしよう。丸腰よりは、まだましである。

そうしてコボルトたちを蹴散らしていくと、木の枝を切った跡など、人の手が入っていることが窺える場所が多くなってきた。そちらに向かって進むこと数時間。昼下がりには雨もやんでいて、視界がよくなっていた。

草木を掻き分けて、人工的に作られた道——といっても人が草を踏みつけた程度のものだが——を辿っていくと、急に視界が開ける。

そこには木造の小屋が、数十軒あった。

俺は目立つオオケダマウサギとホブゴブリンを小型化して、肩の上に乗せておく。一応、警戒(けいかい)のためにダークウルフはそのままにしておいたのだが、どうやらその必要もなさそうだ。

小屋から男性が出てくるのが見えた。

もちろん、ここで意思疎通(いしそつう)ができなかったり、人食いの村だったり、犯罪者の隠れ里だったり、あらゆる危険が潜(ひそ)んでいる可能性は否定できない。しっかりと用心する必要があるのだ。

けれどすっかり疲れていた俺は、とりあえず話だけでもしに行くことにした。

なにより、人恋しかったのかもしれない。

ダークウルフも小型化し、森から抜けると人里のほうへと一人、歩いていく。

怖がらせないように小型化したのだが、正解だったようだ。

「そこの者、どこから来た！」

と、男の声が聞こえた。

スキル「大陸公用語」のおかげで、会話ができるようだ。ほっとした。身振り手振りでは、とてもじゃないが意思の疎通(そつう)などできる気がしない。

「森から！　迷ってたんだ！」

「ふうむ。犯罪者ではないようだが」

「もちろんだ！　昨日から彷徨(さまよ)い歩いて、なにも食べていない。ここはどこなのか、教えてほしい」

自分から犯罪者と名乗る犯罪者はいないだろうが、ともかく話くらいは聞いてもらえることになった。

というわけで、村の人々が何人か出てくると、俺はちょっと距離を取ったあたりで、切り株に腰かける。この距離がお互いに丁度いいだろう。急に切りかかることもできないし、声は聞き取れるくらいだから。

そうして、戸口から見守るいくつかの視線を浴びつつ、俺たちは会話をすることになった。始めに口を開いたのは、長老と思しき爺さんだ。その目は三体の魔物に向けられている。

「……おや、魔物使いの方でしたか」

名称など知りもしないが、とりあえず合わせておく。

「えっと……あまりよくわかってないんですが、彼らを従えていることに関しては、その通りだと思います」

「謙遜なさるな。若くして三体もの魔物を従えておられるとは、相当な苦労があったのでしょう」

どういうことだろうか。

昨日初めて魔物を従えただけだし、苦労したと言えばしたけれど、そう言われるほどでもない。記憶喪失ということにでもしておこう。調子を合わせるのにも限界が来てしまいそうだ。

「本当によくわかっていないんです。どうにも頭を打ちつけてしまったようで、記憶が曖昧で……」

「それはそれは。では語るとしましょうか」

それから彼は親切に説明してくれた。

どうやら魔物使いというのは、主従契約のスキルを持つ者を指すらしい。しかし、本人には戦闘能力がないため、危険がつき纏う戦いについていけなくて、やめる者も少なくないという。

それゆえに、ただでさえ希少であり、さらに魔物を三体も引き連れる魔物使いとなれば滅多にいないそうだ。

うーん？　でもすぐに三体目を使えるようになったぞ。

俺自身、成長しやすいんだろうか。才能があるとかじゃなくて、ゲームの主人公だから。いやそもそも主人公なのかどうかもわかってないけど。

なんにせよ、普通の人たちはスキルが一つあればいいほうということだから、初めからこんなにスキルを持っている俺は珍しいんだろう。ちなみに、小型化は魔物を従えると自動で取得できるスキルらしく、魔物使いなら誰でも持っているようだ。

また、老人の話には魔物合成の話は出てこなかった。だからおそらく、魔物使いが一般的に持っているスキルでもないんだろう。

迂闊なことを言わないよう静かに聞いていたところ、彼のほうから話を変えた。

「……見たところ、お疲れのご様子。コボルトどもとの戦いがあったとお見受けしますが」

「ええ。かなり多いようですが、なにかあったのですか？」

「おお。奴らの襲撃を切り抜けられたのですね。どうにも最近、リーダー格の個体が生まれたらしく、コボルトどもが調子に乗っているのです。山菜を取りに行った者は何度も襲われておりますし、この前は村にまでやってきて、女を攫っていきました」

「それはひどい……」

「魔物使い殿、どうか今しばらくは、ここにいていただけませんか」

老人は頭を下げた。

なるほど。俺に親切にしていたのは、コボルトから守って欲しかったのが理由だったのだろう。

俺としては願ったり叶ったりである。

「私にできることはほとんどありませんが、微力ながらお手伝いさせていただきたいと思います」

「ありがとうございます！」

老人は地にこすりつけんばかりに平伏した。

それから、俺には掘っ建て小屋が与えられることになった。俺の希望でそうしたのである。

謙虚なところをアピールするのも理由の一つだが、ここはほかの者たちの小屋から離れている。

なにかあったとき、逃げやすいのだ。俺の従えている魔物がなにかするかもしれないし、逆に向こうからなにかしてくるかもしれない。

というわけで、適度な距離を保つことにしたわけである。

ぼろではあるが、雨風さえ凌げればなにも問題はない。

しかも、俺には温かな食事まで提供された。雑穀の飯に、山菜のスープ。具はあまり多くないが、これは最近、山の中に人が入れなくなったからだという。とはいえ、人間らしい食事ができること に俺は感動していた。

魔物たちにも食事を与えているが、どういう原理になっているのか、小型化している状態で餌を やれば、ほんのちょっとで満腹になるようだ。

質量を考えればおかしなことになるのだが、疲れているので細かいことを考えるのはやめた。と にかく、ここならばまともな生活ができそうである。

明日からは、コボルトたちを倒しながら、のんびりこの世界のことを知るとしよう。

……それにしても、俺も慣れたものだ。たった一日しかたっていないのに、随分長く過ごしたよ うな気がしている。

ああ、そういえばブラックベアーの話をするのを忘れていた。いや、でもあそこが禁断の地とか だった場合、俺は間違いなく追い出されるよなあ。知らなかったことにでもしておくか。幸い、こ こからはかなり距離がある。

そもそも、教えてもどうしようもないかもしれない。コボルトでさえ持て余しているのだから。

一応、都市のほうに救援を求めたが、なかなか来てくれそうもなかったとのことなのだ。

なんにせよ、来たばかりの俺が悩むことではないだろう。

飯を食い終わると、少し休憩してから、俺は再び外に出た。

働かざる者食うべからず。俺は根っからの日本人的な気質なので、早速働き始める。

コボルトでも倒してこようか。

村を歩いていくと、二十代半ばほどの女性がこちらに気がついた。あまり若者はいないようだから、これくらいの年齢の者は珍しい。

彼女は駆け寄ってくる。

うーん、なんか用事でもあるんだろうか？　まあ、魔物使いらしいからね、俺も。頼りにされるのも悪くないか。

「あの……その鎌、見せていただいてもよろしいでしょうか？」

「ええ。これがなにか？」

「……どこで手に入れたものです？」

「森の中ですね。確か、向こうに進んでいったところだったと思います」

女性は悲痛な面持ちで、鎌の柄をなぞっていた。よく見れば、文字のようなものが描かれている。

俺は読めないから、てっきり紋様だとばかり思っていたんだが……しかし、言葉は通じても文字は読めないんだな、不便だ。

「これは、夫が使っていたものなのです」

あー……そういうことね。俺の予想、全然違ってたじゃないか。

「ではお返ししますよ」

彼女はその鎌を俺から受け取ると、深く頭を下げた。

「ありがとうございます」

「いえ」

俺はそれ以上続けることができなかった。彼女の事情なんか知らないし、なにを言っても不適切な気がしたから。

そんなことがあったので、出鼻をくじかれた気分である。去っていく彼女を見て、俺まで沈んでしまう。

しかし、暗くなってもいられない。

きっと、こういうことはこれから先、いくらでもあるだろう。だからこそ、強くならねばならない。そして、できることならハーピーとかマーメイドとか、綺麗な女性型魔物を侍らせたい。ケダマウサギも可愛いといえば可愛いが、俺が求める可愛さとはそういうのではないのだ。

そうなれば、「主従契約」のレベルを上げていくしかない。

「よし、やるか」

俺は気合を入れて、再び歩き始めた。といっても、戦うのは俺じゃないんだが。

魔物たちを引き連れて森を進んでいく。先ほど来た道を戻っているだけなので、迷うことはない。けれど、ただ道を戻るだけでコボルトに遭遇するんだから、やっぱりその数は多いということだ。

鎌を拾った地点に到着してから、辺りを探索してみる。

しかし、これといったものは見つからない。彼女の夫が行方不明になってから結構な時間がたっているということなのだろう。

それでもなにか無いかと探すのは、慰めになればと思ったからだ。傷心の女性に近づいてあわよくば、なんて考えがないこともないが、見知らぬ世界で独りなのは物寂しかったのが大きい。

結局、コボルトとの戦いが延々と行われるだけで、その日は終わっていった。

手持ちの魔物が怪我をしたので村に帰り、俺は長老に今日の収穫を見せた。

「コボルトが落としていった物と、何となく食べられそうな果実を取ってきたのですが」

「おお、奴らを打ち倒してくださったのですね……ところで、ギルドには所属しておりますか？」

「ギルド？」

「ええ。その調子ですと、御存じないようですね。我々国民の多くは、働く際に商業、工業、農業などのギルドに所属することで、税を納めております。所属しない者もおりますが、諸々の手続きが複雑になるほか、扶助が受けられないなど、不都合が多くなります」

どうやら、普通の組合のようだ。世帯主が死亡したとき、家族の扶養などを行ったりもするらしい。

入っておくに越したことはないんだろうが、どうすればいいのかわからない。

「魔物使いでしたら、傭兵ギルドに入られるのがよろしいかと思います。仕事があれば、割り振られますし、国難でもない限り、受諾は任意です。人頭税だけで済みますし、素材の売買も許可されております」

「なるほど、そうなのですね。ありがとうございます」

重税をかけないのは、強い傭兵をできる限り国内に残しておきたいからのようだ。彼らが魔物の駆除を自主的に行ってくれれば、常備軍に無理がなく、この上なく楽になるのだろう。

俺は街に行こうと思いつつ、今日はここに泊まることにした。いつまでもいてよいとのことだが、何年も居座る気にもなれない。そんなにたったらおっさんになってしまうし、ただでさえ少ない出会いが激減してしまうではないか。

そうして掘っ建て小屋に寝転がると、今までの疲れがどっと襲ってきて、横になるなり眠りに就いたのだった。

◇

夜、目が覚めると、戸口のところに、置手紙とともに飯が置いてあった。親切にも、文字ではなく絵で説明してくれている。俺が文字を読めないことを知っている人と言えば、あの女性くらいだ。

どうやら、鎌のお礼に持ってきてくれたものらしい。

もう冷めてはいるが、俺は空腹だったので、次々と腹に収めていく。

外を覗いてみれば、周囲はすっかり寝静まっていた。かなり長い間、眠ってしまっていたらしい。

こんな時間に出ていってもやることもないし、怪しまれるのも嫌である。

ごろごろと寝転がってはいるものの、木製の床は硬い。集落の中なので、オオケダマウサギも小型化しているのだ。誰も入ってこないような自宅なら、別に通常の大きさでもいいんだが、あくまで借りている場所なのである。なにかあったら困る。

なにをするでもなく、俺はステータスを眺める。

《シン・カミヤ　Lv6》
ATK16　DEF15　MAT12　MDF13　AGI15
【スキル】
「大陸公用語」「鑑定」「主従契約Lv2」「魔物合成」「小型化」「ステータス還元Lv1」
「成長率上昇Lv1」「バンザイアタック」

《オオケダマウサギ　Lv6》
ATK20　DEF27　MAT15　MDF25　AGI15

《ホブゴブリン　Lv4》
ATK23　DEF22　MAT10　MDF9　AGI17

《ダークウルフ　Lv3》
ATK24　DEF15　MAT11　MDF12　AGI25

確かに、俺たちは強くなった。そこらの魔物に負けることはないはずだ。

しかし……ブラックベアーに勝てるか、と言われれば、まったくそんな気がしないのだ。

もし今、奴に遭遇すれば、俺は決断を迫られるだろう。

こいつらをけしかけて気を引き、そして一体に「バンザイアタック」を使用して敵に張りつかせる。その隙に、二体の魔物を連れて逃げるのだ。それしか、生き延びる方法はない。

そのとき、どいつを犠牲(ぎせい)にすればいいのだろうか。

ダークウルフはいろいろと役に立つから、おそらくホブゴブリンかオオケダマウサギだ。これらは合成で作ることができるため、失ってもそこまで痛くはない。

そうわかってはいるんだが……

すやすやと寝息を立てているオオケダマウサギを見る。きっとここが日本だったら、小さくてキーホルダーみたいに可愛いと人気になるんだろうなあ。

「はあ、やめだやめ」

小難しい倫理的なことは考えないことにする。

何度考えたって答えは出ないし、なによりいざというときに判断が鈍(にぶ)りそうだった。

そうして寝転がっていると、なにやら外が騒がしくなった。

俺は扉から身を乗り出して、様子を探る。

「コボルトだ！　コボルトが出た——ぎゃあ！」

魔物が襲撃してきたようだ。俺は小屋を飛び出し、叫び声があったほうを見遣る。

コボルトが二十体ほど。

やれるかやれないかで言えば、なんとかなるだろう。こちらは三体とはいえ、コボルトに後れを取りはしない。魔物たちもすっかり傷は回復している。

俺は手持ちの魔物たちに合図を出し、魔物の側面から襲いかかれるよう移動する。なにもない村だが、闇夜に乗じれば、そこまで目立ちはしない。今宵は雲がかかっており、星明かりが届いていないのだ。だからこそ、相手も襲撃してきたのかもしれない。

そうして近づいていくにつれて、中に大きなコボルトがいることに気がついた。

《コボルトリーダー　Lv8》
ATK23　DEF20　MAT10　MDF9　AGI22

どうやら奴が、コボルトどもを束ねているらしい。こちらのホブゴブリンと強さはおおよそ同じ。レベル差はあるが、1から育てている分でステータス差は埋められているようだ。

あのコボルトリーダーが、村人たちの言っていたコボルトの襲撃を扇動していたのだろう。奴らは一軒の小屋に群がって、扉をこじ開けようとしている。

しかも、コボルトリーダーは武器を持っていた。おそらく人から奪ったもので、先端に刃物をつけた簡素な手槍だ。

村人たちの中に、戦える者はそう多くないようである。なんとか敵に抵抗すべく集まろうとしているが、準備が整う前に、コボルトは住民を攫っていってしまうだろう。

「ウルフ、合図を出したらあのリーダーを狙え。槍を持っている左腕を噛むんだ」

と、あらかじめ命令を出しておき、俺はいよいよ号令をかける。細かい命令は伝わらないし、意味がないのだ。

「突撃！　奴らを蹴散らせ！」

オオケダマウサギが勢いよくごろごろと転がって、コボルトの群れに突っ込んでいく。奴らはなにが起きたのかわからずに、騒ぎ始めた。

そこにホブゴブリンが棍棒を持って飛びかかる。

空いた道を利用して、ダークウルフがコボルトリーダーへと接近、見事に腕を噛んだ。しかし、それだけでは奴は止まらなかった。

槍を落としつつも、思い切り腕を振ってダークウルフを放り投げる。

だが、そちらに気を取られている間は無防備だった。俺は木の棒を小脇に抱えたまま、コボルトリーダー目がけて体当たりをかます。

　確かな手ごたえがあった。衝撃で木の棒が折れたが、しっかりとダメージは通ったようだ。

　奴は一瞬怯(ひる)んだが、すぐに俺目がけて拳を繰り出す。

　俺は咄嗟(とっさ)にコボルトリーダーの落とした槍を掴んで後退。

　数の差があるため、仕方なく俺も戦闘に加わったとはいえ、ステータスの差がある。真正面から打ち合うのは御免だ。

「撤退！　撤退だ！」

　奇襲に成功した以上、コボルトの群れの中にとどまって戦い続ける必要はない。

　三体の魔物が無事戻ってくると、俺はそのまま敵から距離を取る。案の定、コボルトリーダーは血眼(ちまなこ)になって追ってきた。

　しかし、コボルトたち全員に命令がうまく伝わっているわけではない。半数くらいはその場に倒れたままだったり、いまだに扉に張りついていたりしていた。

　コボルトリーダーとコボルト、合わせて十体ほどがこちらに向かってくる。

　この程度の数ならいけるだろうかと思ったところ、コボルトの一体が投石によって倒れた。村人の一人が、手助けしてくれたようだ。

「よし、奴を倒すぞ、反転！　突撃！」

　ホブゴブリンがコボルトリーダーに当たるよう命令を出す。

体格的にもあまり差がないため、左腕を負傷した状態ならホブゴブリンでも仕留められるはずだ。

その隙に、俺は槍を振るってコボルトを仕留めていく。戦いにも慣れたものだと我ながら感心してしまう。多少武道くらいは習ったことがあるとはいえ、お遊びみたいなものだ。それが今、魔物を倒しているというのだから、環境が異なればなんと人は変わるものか。

しかし、予想に反して情けない声が聞こえてくる。見れば、ホブゴブリンが押し倒されていた。

このままでは流れが変わってしまう。

コボルトリーダーは好機と見て、一気に畳みかけんとしていた。

俺は素早く主従契約を発動させる。魔法陣が放たれると、コボルトリーダーは咄嗟に退いた。

抵抗しようとすればできるものだが、やはり食らえば多少のタイムラグが生じるらしいため、足止めに使えないこともないのだ。といっても、一度見て心構えができてしまえば、意味はない。

村人も加わって、コボルトと戦う中、俺はコボルトリーダーと対峙する。

奴は息も上がっていたが、俺を敵と見なして激しい怒りを向けてくる。

「そんなにじっと見つめるなよ、お前みたいな犬面に見られたって、嬉しくねえから」

近づいてこようとするコボルトリーダーを槍で牽制する。

そして準備が整うと、俺は咆哮を上げながらコボルトリーダーに飛びかかり、奴は迎撃する態勢に入った。

しかし、そこで俺は素早くバックステップする。

打ち合うつもりなんざ、端からありゃしないのだ。

そしてコボルトリーダーは俺へと一歩を踏み出した瞬間、ホブゴブリンが放つ棍棒の一撃を背後から食らって転倒した。

俺の役目なんて、相手の意識を引きつけるくらいだろう。

リーダーを失うと、いよいよコボルトたちは統率を失って、次々と仕留められていく。そもそも、一対一なら俺の配下が負ける道理はない。

俺は倒れた敵の姿を見回して、それから小屋の扉が開いていないこと——村人の防衛に成功したことを確認する。戦いが終わると、俺は魔物たちを小型化した。

「魔物使い殿。御助力、誠に感謝いたします」

「いえ、微力ながら、ともに戦えたことを喜ばしく思います」

村の若者たちに駆け寄られる中、扉が開いて女性が出てきた。俺はあっと息をのんだ。

彼女は昼間、話をした人だったから。そして小さな女の子の手を引いていた。

「お助けいただき、ありがとうございます」

頭を下げる女性。女の子はオオケダマウサギに興味津々だ。俺がケダマをすくい上げて掌に乗せると、彼女は触ってみたり、突っついてみたり、楽しげである。

「……今日で襲撃も終わりだな」

一人の男が満足げに言った。

ということはおそらく、俺がこの村に滞在する理由はなくなっただろう。用もないのにただ飯を食い続けるのは、厄介者でしかない。

ともかく、話は明日することにして、俺は掘っ建て小屋に戻った。

魔物たちは傷ついていたが、休めば治るだろう。俺はやり遂げたことを思い、少しだけ自信がついたのだった。

3

あれから数日。

コボルトも大人しくなって、この村には近づかなくなった。それから、あの女性となにかあるかなあ、なんて期待していたんだが、そんなことは微塵もなく。

あーあ、世の中そんなもんだよなあ。ちょっとした出会いから、お付き合いに持っていけるのなんて、一部のイケメンくらいだ。

そんなわけで俺は出立の準備をしていた。といっても、水と食料を袋に入れればお終いだ。

ここから半日も歩けば、都市に着くという。

長老いわく、もっと長くいてもよいとのことだったが、やはり街のほうが安心できるので、そちらに赴くことにした。

「では、お世話になりました」

「近くに立ち寄ったときは、またいらしてください」

「はい。お元気で」

そんな簡単なあいさつの後、村人に見送られながら、俺は都市に向かって歩き始めた。

一人旅はどうにも寂しいものがあるが、都市に着けばもう少し、ましな生活ができるだろう。皿洗いでもなんでもいいから、適当に金を貯めて、温かなベッドで寝るんだ。

俺は道中、のんびり進んでいく。焦る必要はないからだ。ここは街道なので、あまり強い魔物は出てこない。

しかし、すぐに飽きてくる。見える風景がなにも変わらないのだ。木、枝、葉……茶色と緑色がずっと見えるだけ。

今も、目の前を木が横切っていった。

……ん？　いやいや、異世界とはいえおかしくないか？

俺は鑑定を使用する。

《ウォーキングツリー　Lv2》

ATK11　DEF29　MAT6　MDF4　AGI6

ああ、魔物なのか。木っていうか、むしろ枝だなあ。俺の胴体くらいしか太さはないくせに、防御力が高い。意外と頑丈なようだ。

とはいえ、三体でかかればすぐだろう。

「よし、行け」

簡単な号令を聞き、我先にと魔物たちが駆け出す。ウォーキングツリーはせっせと足を動かして逃げるも、すぐに捕らえられた。

うん、いい感じだ。

さて、捕まえたけど……防御が高いのもいいが、それはオオケダマウサギで間に合っている。それに、多分こいつを混ぜてもほかのステータスが低すぎて、使い物にならない。というわけで、経験値にした。

そうして長らく進んでいくと、向こうに巨大な市壁(しへき)が見えてきた。びっくりするほど広く高い。中に何人くらい住んでるんだろう。少なくとも、一万人じゃきかないよな。

なんとなく、理由もなしに楽しくなってくる。

そんなわけで、早速門から中に入ろうとしたのだが――

「おい、そこのお前」

「は、はい。なんでしょうか！」

いきなり呼び止められてしまった。ほかの人は普通に出入りしてたのに。

「ケージはどうした？」

「え？」

「魔物を入れるケージだ。お前さん、魔物使いなんだろう？　街の中じゃ、そのまま連れて歩くことはできないぞ」

え、そんなの聞いてねえ。爺さん、ちゃんと教えてくれよ。

「えっと、それがなくてですね……」

「ったく。ちゃんとしろよ？　金はあるんだろうな？」

「……ないです」

「なんかないのかよ。金になるものは」

「あ、そうだ。薬になるキノコを採ってきたんです」

ここ数日、村にいるときに採ってきたものだ。人の入らない場所まで行ったから、希少なものも結構ある。だから売れれば結構な値になるはず。

門番はその袋の中を覗き込む。

「ほう……お、いいじゃねえか。なんだ農民だったのかよ、ならそう言えよ。これ売って、ちゃんとケージも買うんだぞ」

「はい、ありがとうございます」

どうやら、この門は基本的に魔物対策のもので、普段は解放されており、いちいち中に入るのに許可を求める必要はないようだ。

ま、そりゃそうか。何千もの出入りを管理するなんてばかばかしい。国境でもないんだから。

しかし、俺は魔物を連れているということで呼び止められたらしい。

とりあえず、俺は三体の魔物を袋の中にいれる。

「狭いけど、我慢しておくれよ」

オオケダマウサギに埋まりながら、ホブゴブリンが不満げに鳴いた。

さすがに都市というだけあって、行き交う人々の数は、先の村とは比ぶべくもない。

男たちは簡素なズボンに、腰のあたりを紐(ひも)で結んだだぼっとした上衣を纏(まと)っている。女たちは皆一様に、簡素なエプロンドレスを纏っていた。おそらくコルセットを使っているのだろう、腰回りを細く見せるように努力しているようだ。

そんな街の住人達の姿は、村で見たものよりは華(はな)やかではあるが、裕福(ゆうふく)な印象は受けない。そこまで産業が発達していないようだから、当然かもしれない。

街では石造りの集合住宅が立ち並び、異国情緒(いこくじょうちょ)を感じさせる。

ああ、やはりここは日本ではないのだ。そのことを、改めて突きつけられていた。

俺はしばし立ち尽くしていたが、気を取り直して歩き始める。

まず泊まるところと、ギルドとケージだな。その前にキノコを売らなきゃ。

文字が読めないのは痛いと思ったが、そもそも識字率が高くないらしく、そこまで問題にはならなそうだ。

それから俺はとりあえず薬屋に行って、買い叩かれてるんだかよくわからない程度の金額で品を売ってから、ケージを探す。薬屋の店員に尋ねたところ、ギルドに行けば買えることが判明したので、俺はそこを目指すことにした。

中央の行政区には、たくさんのギルドの会館らしき建物があった。看板や中の様子から察するに、粉ひき職人ギルド、パン職人ギルド、肉屋ギルド……と、とにかくあらゆる仕事に相互扶助組合が存在しているようだ。

そういえば、あの村の爺さんは傭兵ギルドって言ってたな。

なんか物々しい感じがするが……

だんだん行きたくなくなってきたんだが、引き返そうとするよりも先に、それらしきものを見つけてしまった。だってさ、鎧に身を包んだ、がたいのいい男たちが入っていくところを見れば、自然とわかるじゃないか。

とはいえ、看板に書かれている「ギルド」を表す文字はどこも共通なので明らかなのだが、はたしてその前の部分にくっついている単語が傭兵を表すのかどうかはいまだ不明である。

ということで、とりあえず入ってみることにした。

こういうのって、大抵美人の受付嬢がいるんだが……そもそも女性がどこにも見当たらない。職員らしき人はいても、ものすごく筋肉質で、人を何人も殺してそうな容貌だ。

「す、すみません。傭兵として登録したいのですが」

ぎろり、と睨まれる。

「実践の経験はございますか？」

「魔物との戦いを少々」

「では、失礼ながら、鑑定させていただきます」

俺に鑑定を使用するってことか。

緊張気味に待っていると、キィンとなにかが弾ける音がして――いや、実際には音はなっていないんだが、そのような感覚があって――男は怪訝そうに俺を眺めた。

「鑑定士でございましたか。鑑定への抵抗を解除していただけますか」

「え？　ああ、鑑定はありますが……」

どうやら、鑑定スキルには他者の鑑定を弾く効果があるようだ。

いやはや、これまで失礼かと思って使ってこなかったのだが、正解だったようだ。うっかり危険な奴に使ってばれたら、命がなかった。

鑑定の抵抗を解除すると、再び男が鑑定スキルを使用する。

スキルのおかげで見られているのがわかるが、スキルなしではまったく気づかないだろう。となれば、鑑定持ちを探すときは片っ端から使っていけばいいんだろうか。

「……これはっ！　あなたは一体、なにものですか？」

恐る恐る、男が尋ねてくる。

やっぱり、俺のスキルは普通じゃないのか。

「なに、と言われましても……ご覧のとおり、ただの魔物使い？　ですが」

「……失礼しました。ステータスも十分なようですから、登録させていただきます」

それからちょっとだけ説明がある。この近隣において仕事があった場合、斡旋されるということ。

毎年、税金を納めねばならないこと。などなど。

細かい規則を作っても守られないため、大雑把になっているようだ。とりあえず税金さえ払っておけば、大体のことは見逃してもらえるらしい。

それから魔物使い用のケージを買うと、俺の残金はすっかり尽きてしまった。

というわけで、今夜は野宿である。

街の中では魔物を連れて歩けないため、俺は市壁の外に出る。

「おう、ケージ買ってきたんだな」

「はい、ありがとうございました」

と、門番と言葉を交わしながら、俺はオオケダマウサギの小型化を解除する。

そして、その上に寝転がった。オオケダマウサギは一度身じろぎすると、そのまますやすやと寝息を立て始めた。ふかふかだし、ちょっと汚れていることを除けば、超高級羽毛布団よりも快適だ。

さらにここなら門番がいるから野盗や魔物に襲われることもそうそうないだろう。

門番を見ると、こちらを見て呆（あき）れているようだったが、このときには日も沈んでおり眠かったので、無視してさっさと寝ることにする。

俺も随分、逞（たくま）しくなったものであった。

◇

そんな生活が数日続くも、俺はとうとう、宿に泊まることにした。

オオケダマウサギのベッドも悪くないのだが、何日も風呂に入らないでいるのは不潔（ふけつ）だからだ。

身の回りを綺麗（きれい）にしたり、もっとこう……人間らしい生活をするためにこの街に来たのだから、これでは本末転倒（ほんまつてんとう）ではないかと思い至ったのだ。

幸い、この数日で魔物を狩っていたため、金には多少の余裕がある。

ということで、俺は安宿のベッドに横になっていた。衣食住さえ満たされていれば、人間はなんとか生きていけるものだそうだが……

俺はそうは思わない。人間には、もっと原始的な欲求（よっきゅう）があるのだ。

そう、ここは異世界。パソコンがない。ということは、えっちな動画も見られないのである。

街行く人々の中には、若くてちょっと胸元が開いている女の子もいるが、それだけで満たされるほど人間は単純ではない。いや、むしろ単純すぎるのだろうか。

　ともかく、このままでは俺は欲求不満により、精神的に疲弊してしまうだろう。身の安全が確保されると、人は新たな欲求に振り回される、悲しい生き物なのだ。

「さてと、サキュバスを探しに行くか」

　ちょっと聞いてみたのだが、サキュバスがいるような、そういうお店はないらしい。

　まあ、あっても行かないんだけど。お店には興味がないのだ。初めては大好きな人と、なんていう童貞臭い夢を俺は持ち続けている。

　なんにせよ、出会いが欲しい。そのためにも、お金を貯めなければいけないのだ。

　よし、今日も働こう。

　しばらく街を歩いて、傭兵ギルドへ。ここ数日は毎日、仕事を確認しに行っているが、今のところなにもなかった。もっとも、頻繁に金を払うような事件があっては困るのだが。

　しかし、今日はどうにも様子が違うようだ。中が騒がしかった。

「おいおい……まじかよ」

「なあ、お前どうする？」

「冗談じゃねえ、命がいくつあっても足りねえよ」

　と、傭兵たちが口々に言っていることから、危険な仕事があるようだ。

　どれどれ、と俺は大々的に張り出されている仕事内容を眺めた。そこには、見覚えのあるステータスが書かれている。

《ブラックベアー　Lv24》
ATK76　DEF82　MAT22　MDF33　AGI32
【スキル】
「鋭い爪」

誰か鑑定した者がいたらしい。偵察部隊には、大抵鑑定士が組み込まれているそうだ。

しかし……あいつか。都市の近くに現れるようになったため、討伐に乗り出すということか。

一般的な傭兵は、強い者でもステータスの初期値が10程度なのである。これは戦いを潜り抜けていけば、コボルトやゴブリンなんかは楽々倒せるようにはなる程度だし、武器や防具による強化もあって、ステータス以上の強さを発揮することもできる。

だが、そうであっても、この敵のステータスとは大きな差がある。

勝てるのか？

そんな疑問が浮かぶ。俺一人ならば、間違いなく無理だと言えるだろう。だって、俺より強い傭兵は多分珍しくもないだろうから。そんな彼らが尻込みするくらいだ、俺一人で倒せるわけがない。

でも、俺には強力な部下がいる。

ここであいつを倒さなければ、俺は多分ずっと、この不安につき纏われることになるだろう。本当に格上の相手を倒せるのかどうか、と。

だから、やろう。勝って、そして俺はこの戦いにあふれた世界で生きていく覚悟を決めるのだ。

「この仕事、お願いします」

俺は自身の名を告げる。

「シン・カミヤ様ですね。承りました」

職員が金銭などの説明をしてくれる。僅かな日給のほか、倒した暁には報酬が与えられる、という形だ。死んだときのことは……まあいいだろう、別れを惜しむ相手もいない。

そんなわけで明日、出発することになる。俺はあいつの姿を思い浮かべ、拳を強く握りしめた。

◇

屈強な男たちに混じって、俺は森の中を歩いていた。

彼らのレベルは、だいたい10から15くらい。ステータスで言えば、20から30くらいだ。武器の使用を考えても、ブラックベアーとは結構な差があるだろう。

間違いなく、死者が出るはずだ。

そう考えるなり、俺は小さく身震いした。

「なんだ小僧、びびってんのか？　今なら帰ってもいいんだぞ。母ちゃんのおっぱいでも吸ってな」

傭兵たちの中心にいた男が下品に笑う。

「生憎と、母はもういなくてね。なにより、俺はあんたらと違って年増好きじゃあない。妙齢の美少女のおっぱいしか飲まないのさ」

「はっ、ガキがいきがるなよ。どうせ女に相手にされたことなんざねえだろ、そんななりじゃあな」

うるせえな、姿かたちなんか関係ねえだろ。ぶん殴るぞ。まだ四十手前にもかかわらず汚い髭面はしっかり覚えた。

ついでに鑑定してやる。

《グラム・フィル　Lv19》
ATK35　DEF29　MAT26　MDF35　AGI29

あんま調子乗ってると、痛い目見させるぞ！　……俺の魔物たちが。

いやだってさ、俺が殴りかかったってどうにもできないじゃん。そもそも相手は傭兵稼業が長そうだし、実践経験もステータスも上なんだから。

それに真に勇敢な男は、必要なときしか剣を抜かないものなんだよ。俺が奮発して買ったばかりの佩剣は飾りじゃないんだ。力ある者は、その力を誇示するものじゃあないんだよ。いわゆる、大人の余裕というやつだ。

だから今回は勘弁してやる。

あー、気分悪い。

俺が苛立っているのに気づいたのか、肩の上に乗っていたオオケダマウサギがすり寄ってこちらを眺める。

お前は呑気そうでいいなあ。

こんなオオケダマウサギなりに気を遣ってくれたのかもしれない。俺はそんな相棒の頭を撫でてやってから、いよいよ気を引き締める。

もうそろそろ、ブラックベアーが目撃された場所が近いのだ。いつ奴が見つかるかわからない。

警戒していくも、このあたりにはゴブリンなどしか見当たらず、一行はさくさく進んでいく。この分だと、俺の出番はなさそうだなあ。

「あそこだな。草が敷き詰められてる。ここで寝てたんだろうよ」

先頭の男が、ブラックベアーの寝床を発見したようだ。しかし、当の魔物は見当たらない。この辺にいる可能性が高いが、もしかするとすでに逃げた後かもしれない。

俺たちはこの辺を捜索することになった。

傭兵たちは、数人のグループでまとまりながら、バラバラに動き始める。

……あれ？　もしかして、俺一人ぼっち？

取り残されてしまったが、いつまでもこうしていればさぼっていると見なされかねない。動かねばならないだろう。

まあ、元々一人だったことを考えれば、そこまで怯える必要もない。俺にはこいつらがいるんだから。

魔物たちの小型化を解除し、警戒に当たらせる。

本来魔物使いは、自分の魔物が通常の魔物と誤解されないように、あらかじめ集団に伝えておく必要があったり、交戦時以外は小型化させておかねばならなかったりと、不便（ふべん）がある。それゆえに知り合いだけと行動することが多いらしい。

とはいえ、知り合いなんて俺にはいないんだけどな。

ダークウルフは鼻を地面に擦（こす）りつけるほど近づけながら、ブラックベアーの匂いを辿る。

「わかるのか？」

尋ねてみるも、あまりはっきりしない。こやつはブラックベアーと交戦したことはないのだから、無理もなかった。

そもそも、俺が見つけても困るんだがな。だって、真っ先に突っ込んでいくのなんて嫌じゃないか。

ほら、せっかく血気盛んな傭兵どもがいるんだからさ。

俺は肉体労働は得意じゃないし、どっちかっていうと、知謀と策略で切り抜けるタイプだし。

しかし、もしものときを考える必要はなかったようだ。

「ぎゃあああああああ！」

絶叫が聞こえたのは、俺が向かってきたところとは正反対の方向だ。

ほかの傭兵たちの様子を見ながら、俺はできるだけ先んずることがないように、移動を開始。

そうして速度を落とした分、付近を警戒する。

ダークウルフがなにか勘づいたようだったが、すぐにくるりと向きを変えて、傭兵たちに続く。

その先には案の定、ブラックベアーがいた。倒れている三人の男たちの周りをくるくると回るように奴は動いている。四本の足を動かして、ときおり足元を踏みつけるたびに、男たちからは呻き声が上がった。

まだ息はあるのかもしれないが、もう助からないだろう。

どうやら、頭上から奇襲されたようだ。近くにあるのは人には登れないような大木だが、熊ならば難なく登れるはずだ。

鑑定を使用すると、以前と同じステータスが現れた。あのときの奴で間違いない。

剣を抜いた者たちが奴を取り囲み、弓を構えた男たちが一斉に射かけると、ブラックベアーは数多の矢を掻い潜り突っ込んでくる。幾本かは掠っていったが、ちっとも応えた様子はない。

男たちは剣を、槍を、盾を構えて奴に対抗するが、後じさりする者たちが多い。要するに、誰かを犠牲にすることで、自身に危害が及ぶのを避けようとしたのだ。

ブラックベアーは先頭の男に飛びかかり、盾を弾き飛ばす。そして空いた胴体目がけて齧りついた。

「ぐわぁあああああ！」

痛みに男は叫び声を上げるも、すでに牙は深く刺さり込んでいて、抜けやしない。

そこに突っ込んでいく男たちが三人。そのうち一人は先ほど見た男――グラムだ。

奴はにんまりと笑みを浮かべていた。どうやら、誰かを囮にすることで、安全に敵に攻撃を仕掛ける予定だったようだ。

最低だな、あいつ。でも生き残るためにはそんなものか。誰しも、自分の命は惜しいものだ。

男たちは一斉に剣を振るい、真っ黒な毛皮ごと敵を切り裂く。しかし、ほとんど血は出なかった。分厚い皮膚を切り裂いただけなのだろう。

それぞれが一撃を加えると、ブラックベアーが立ち上がり迫ってくる前に退避する。

そうして距離が空くと、再び矢が射かけられ、槍が投げられる。

ブラックベアーはそれらを浴びつつも、再び駆けはじめた。

……まじかよ。あれ本当に死ぬの？　倒せるんだよな？

俺は隣にいるダークウルフに視線を向ける。うなり声を上げつつ敵を睨みつけており、すでにやる気でいっぱいのようだ。勇敢なんだなあ。

なんて、呑気なことを言ってもいられない。ブラックベアーは傭兵どもを蹴散らして、そのまま俺のほうに向かってきているのだ。

奴は多少の傷などものともせず、襲ってくるだろう。そうなれば、体格で劣る俺など、あっと言う間に組み伏せられてしまうに違いない。

だから――

「オオケダマウサギ、突っ込め！」

指示を出すなり、巨大な塊は猛烈な勢いで転がり始めた。俺たちの中で、奴を押さえられるのはこいつしかいない。

同時に、俺たちは全員で駆け出した。

ブラックベアーは、突然動き出したオオケダマウサギの体当たりを食らって、大きく勢いを落とす。しかし、ただそれだけだ。

体格的には、オオケダマウサギはブラックベアーも相手にできるだろう。しかし、いかんせんこやつは柔らかい毛で覆われているし、攻撃力も低い。そのため、足止めにしかならないのだ。すでにブラックベアーは、このケダマを食らわんと牙を剥き出しにしている。

が、そのとき俺は奴の頭部を射程に捉えている。掲げた剣に思いを乗せて、全力で振り下ろした。

剣は風を切る音を立てて、敵の皮膚を浅く切り裂く。

ブラックベアーの動きが一瞬止まり、俺を視認する。鋭い牙が、俺の血肉を啜らんと唸りを上げていた。

思わず震えそうになる。ここで向かってこられれば、命などあったものではない。

だが、それでも。

「うおおおおおお！」

俺は吠える。ひたすらに雄叫びを上げた。ブラックベアーは一瞬、このちっぽけな大声に気圧される。

瞬間、ホブゴブリンとダークウルフがそれぞれ、敵の瞳と喉に食らいついた。

暴れるブラックベアーから、俺とオオケダマウサギは咄嗟に距離を取る。囮としての役目はもう果たしたのだ。すべきことはない。

二体の魔物も、反撃される前にすぐさま飛び退いた。

そうして距離を取ると、ほかの傭兵たちが再び敵に射かける。奴が悶えている隙に、俺たちはできるだけ視界から逃れる。

あんな化け物の相手などできるだけすべきではないのだ。ただ、奴がまったく武器を恐れないため威嚇が効かないから、仕方なく相手をしているだけで。

俺は今になって、心臓が激しく収縮を繰り返しているのを実感していた。体中に、どっと血が流れていく。

あの瞬間、俺は誰よりも危険な場所にいた。僅かな時間とはいえ、俺は奴と対峙したのだ。剣を構え、奴に切りつけて、改めてわかったことがある。

思っていた以上に、実戦は厳しいものであると。

たった一度、奴の前に立っただけなのに、もう何時間も走ったあとのように、息苦しさを覚えていた。

しかし、別の感情もあった。してやったぞ、という気持ちである。

ケダマウサギやケダマゴブリンのかたき討ちなんて立派なものじゃない。第一、俺があいつらを囮にしたんだから、そんなこと言える立場なはずもない。

ただ、俺でもこの世界を生きていける。魔物の脅威に屈せず戦うことができるのだと、ちんけな誇りを抱いたのだ。

「殺せ！　殺せ！」

「仕留めろ！　ぶっ殺せ！」

そんな俺たちをよそに、傭兵たちは汚い言葉を吐き、数多の刃を敵に向けていた。

ブラックベアーは数度、傭兵を返り討ちにしたが、あまりにも傷が多すぎたのかもしれない。次第に動きが鈍くなってきていた。

俺ならば、あれほどの傷を受ければ、立ち上がることなどできやしないだろう。意識とておそらくないはずだ。

だというのに、奴はいつまでたっても倒れず、力強く吠えるのだ。

俺は魔物の強さを、改めて認識せずにはいられなかった。

しかし我ながら、よくあんな奴に切りかかったな。信じられないぜ。

そんな情けないことを思ったとき、四人の傭兵が、一気に切りかかった。グラムとその仲間たちである。

もはやブラックベアーは虫の息だと見なしたのか。確かに、彼らの腕を考慮（こうりょ）すれば、ここで仕留めるのも悪くない方法だ。きっと、自分たちが討伐したという事実が欲しいのだろう。

しかし、真っ黒き獣はゆっくりと腕を振りかぶり、一瞬で鋭い爪を見舞（みま）った。

——速い。

目で追うのがやっとだったが、辛うじて、軌跡（きせき）だけは追うことができた。

遅れて血飛沫（ちしぶき）が舞うと、四人の首がずり落ちていく。

なにが起きた!?

俺だけではない、ほかの傭兵も驚き硬直（こうちょく）している。

一方のブラックベアーは信じられないほど素早い動きを見せたにもかかわらず、次の瞬間には地に倒れていた。

使用後に体力を奪われるのには覚えがある。

スキルだ。奴は保有するスキル「鋭い爪」により一撃を見舞ったのである。

俺はぞっとする一方、安堵していた。俺が立ち向かったときにあれをやられていれば、無傷ではいられなかった。当たり所が悪ければ、即死していたかもしれない。

傭兵たちは恐る恐る、弓や槍を使って、ダメージを与えていく。しかし、もうブラックベアーはほとんど動かなかった。

俺はそんな姿を眺めていると、ふと妙な感覚を覚えて振り返った。ダークウルフが睨む先には、こちらに駆けよってくるブラックベアーの姿が見えた。

こんな状況で、二体目を相手する余裕なんてない。

ひとまず鑑定を発動させながら、俺は逃亡の算段をする。

《ブラックベアー　Lv8》

ATK40　DEF38　MAT10　MDF17　AGI26

俺は思わず駆け出しそうになる足を堪えて、その場に踏みとどまった。

ステータスが低い。どうやら番ではなく、新たに生まれた子のようだ。

これならば、俺でもなんとか相手をできるだろう。

「ひ、ひぃぃぃぃぃいい！　まだ、まだいたのか！」

「くそ！　逃げるぞ、こうしちゃいられねえ！」

傭兵たちは慌てふためいた。

……ああ、そうか。奴らは鑑定のスキルを持っていないのだ。だから、俺と同じ勘違いをした。

しかし、よく観察すれば、鑑定などなくとも相手がたいした強さではないことは窺える。走り方は拙いし、速度もろくに出ていない。演技だという線がないわけではないが、必死の形相なのでその可能性は高くない。

俺は妙な優越感を覚えていた。きっと、自信から来るものだろう。

こんなときこそが最も危険だということは承知している。けれど、自分の力を試したくなったのも事実だ。

「行くぞ、お前ら」

三体の魔物が、俺に応える。

そして敵が突進してくるところに、先ほどと同じくオオケダマウサギを突っ込ませる。

ブラックベアーはうまく対処することができず、弾き飛ばされて転がった。そこにホブゴブリンとダークウルフが襲いかかる。

三対一では、ブラックベアーはうまく戦うことができなかった。

だから俺でさえ、いとも容易く背後を取ることができた。

思い切り、剣を一閃。ブラックベアーは呻き声を上げる。どうやら、戦いに慣れてはいないらしい。

何度も何度もブラックベアーを切り、そしてようやくぐったりしたところで、俺は主従契約を使用する。

魔法陣が絡みつき、やがて仮契約の状態になった。

さて、どうするかな。

ブラックベアーの初期ステータスはかなり高い。だからこいつを使っていくのもいいんだが、どうにも俺はそんな気分にはなれなかった。なんというか、嫌な思い出が蘇ってくるからだ。

……よし、合成しよう。

ダークウルフかオオケダマウサギに混ぜよう。ゴブリンは弱くなった記憶があるから、気が進まない。ダークウルフに混ぜるのがいいような気はするが、オオケダマウサギは敵を防ぐ壁として重宝しているのだ。こちらの戦力を上げることにするか。

俺がオオケダマウサギを指定すると、真っ白な毛玉は転がって魔法陣の中に入っていった。

《ケダマベアー　Lv1》
ATK18　DEF33　MAT9　MDF20　AGI16

おお、かなりステータスが高い。レベルリセットされてしまったから、前の状態よりは下がっているが、育てればかなり強くなるだろう。

と、それから俺は目の前の生き物を眺める。

真っ黒な毛玉だ。色以外、さっきとほとんど変わっていない。

いや、目がちょっとつぶらになってたり、鼻が熊っぽくなってたりする。なにより、毛並みがよくなっている。元々ウサギなのかもよくわからない魔物だったから、あんまり違いは目立たないが、確かにこいつは熊だ！

のそのそ、とこちらに近づいてくるケダマベアー。

もしかしてケダマウサギの本体って、毛のほうだったのか？

そんな疑問を抱いてしまうくらいには、変化が見られなかった。

振り返ってみれば、もう向こうのブラックベアーも仕留め終わったようだ。俺はレベルが上がったことを実感していた。経験値は傷つけただけでも入るらしい。

すでに距離を取っていた傭兵たちが、遠巻きに俺を見て呆（ほう）けたように口を開けていた。やがて敵がいなくなったことに安心し、近づいてくる。

「なあ、あんた」

「なんだよ。俺は仕事内容は忠実に守ったぞ」

ブラックベアーの討伐が仕事だが、指定されたのはあの一体だけだ。二匹目は関係ない。そしてほかの者が手を出す前に、俺が奴を倒したのだから、捕らえたあとどうしようが文句を言われる筋合いはない。

「……その生き物、なんだ？」

「ケダマベアーだ」

「は？」

困惑せずにはいられない様子の男たちに、俺は思わずほくそ笑み、

「ケダマベアーさ」

もう一度繰り返した。

俺も少しは魔物使いらしくなっただろうか。

たった十数日だけれど、色々なことがあった。戸惑って、逃げて、戦って、そして今、克服した。

俺はケダマベアーを撫でる。

「くまー」

なんだお前その鳴き方。絶対、熊じゃねえ。

これまで鳴かなかったが、ちょっとくらいならこれも悪くないかもしれない。

そうして俺は初めての仕事をこなしたのだった。ちょっぴりの自信と、強くなった魔物たちを従えながら。

4

ブラックベアーの討伐から数日。俺はちょっとだけ高い宿に泊まっていた。といっても、これまでの宿と比較してのことだ。金持ちたちが骨休めするところには程遠い。

お金に多少余裕ができたので、これでも問題がないのである。いつまでも狭いところに泊まっていてはならないのだ。世の中、いつ女の子が遊びに来てもいいように、宿くらいは見られても恥ずかしくないところでなければならない。

そんなやや広くなった自室で、俺は素振り(すぶ)りをしていた。

ステータスはあくまでも実際の肉体になんらかの補正が加わるというものらしく、鍛(きた)えた分は無駄にはならない。元の世界でもそこそこ鍛えてはいたのだが、魔物との戦いで要求されるのはそんなものではないだろう。

そうしてしばらく、俺が熱心に鍛えている様を配下の魔物たちはぼんやりと眺めていたが、次第に飽(あ)きてきたのだろう、ごろごろし始めた。

俺だけ鍛えてもたいして強くならないのって、なんだか理不尽(りふじん)な気がする。いや、奴らからすれば、なんもせずに従属させることができる俺のスキルのほうが理不尽なんだろうけど。

……そうだ。

なにも近接戦闘に拘る必要はない。魔法系のスキルを手に入れればいいのだ。

確か魔術師あたりのギルドで、スキルを覚えるための訓練を行っているそうだ。とはいえそちらは何年もかかるらしい。しかも代金が高い。とにかく高い。

だが、なにも俺が覚える必要はない。覚えている奴を捕まえてくればいい。

「よし、お前ら出かけるぞ！」

寝転がっていた魔物どもはのそのそと起き上がって、ケージに入っていく。結局、俺が運ばないといけないんだよなあ。面倒くさい。

仕方がないので俺はケージを持ち上げて、袋に入れて歩き出す。

確か街の近くに、打ち捨てられた遺跡があると言われていた。古代魔術師が作り上げた王国があったとか噂されているので、きっと魔法系のスキルが使える魔物だっているだろう。

そう考えて、俺はぶらぶらと歩き始めた。

◇

森の中を歩くこと数時間。

木々の向こうに、古びた遺跡らしきものが見えてきた。あちこちに石柱が倒れていたり、ところどころ苔むしていたりと、年月を感じさせる。

俺はそちらを窺いつつ、ゆっくりと進んでいく。

遺跡の近くには、ゴブリンどもの姿が見えた。

《ゴブリンメイジ　Lv3》
ATK6　DEF4　MAT14　MDF13　AGI11
【スキル】
「炎魔法Lv1」

よし、いきなり魔法スキル持ちだ。あいつを捕まえるぞ。

少し離れたところにいるゴブリンっぽいやつを鑑定していくと、どれもゴブリンメイジであることが判明する。しかし、ほとんどの奴がスキルを持っていない。それってただの劣化ゴブリンじゃねえか。

俺はゆっくりと近づいていく。

炎魔法がどんなものなのか、いまだよくわかっていないからだ。

と、こちらにゴブリンメイジが気づいた。手に持っていた木の棒を掲げると、その先端に炎が灯り、赤々とした光を放ち始めた。

どうやらあれが炎魔法らしい。

そしてゴブリンメイジはこちらに走ってくる……あれ、炎飛ばすとかそういうんじゃないのか。

しかし焼かれるのも嫌なので、ホブゴブリンに命令を出す。ゴブリンメイジの動きは遅いため、あっさりとホブゴブリンがぶん殴り、地面に叩きつけた。

「――あ」

木の棒が地に落ちる。延焼(えんしょう)して森一帯が火事に……なるかと思ったんだが、そんなことはなかった。スキルで生じた炎が広がることはなく、やがて鎮火(ちんか)していく。

俺が早速、ゴブリンメイジに主従契約を用いると、奴はすぐに受け入れてくれた。

《ゴブリンメイジ　Lv1》
ATK6　DEF4　MAT13　MDF12　AGI12
【スキル】
「炎魔法Lv1」

よし、こいつは便利だ。早速、どれかと入れ替えようと思ったのだが、その必要はなかったらしい。主従契約がレベル3に上がっていた。

そしてもう一つ、俺のステータス欄には「スキル還元」が追加されていた。どうやら、従えている魔物のスキルを俺も使うことができるようだ。

試してみると、炎魔法を俺も使うことができた。

疲労感と引き換えに、掌に炎が灯る。よくわからないが、酸素じゃなくて生命エネルギーみたいなもので炎が生じているんだろう。そのエネルギーが切れたら消滅するから、広がることもない。

この調子でどんどん行こう。こいつらも合成してでかくなったら、多分そこそこ使えるはずだ。

というわけでもう一体、ゴブリンメイジを捕まえて合成。

すると——

スキル消えたんだけど！　どうなってるのこれ。

悩む俺に、合成したら消えることがあるらしいと、鑑定の結果が知らせてくれる。もっと早く気づくべきだったな。

それから俺はゴブリンメイジを何度も合成するも、うまくいかなかったので諦めた。

結局、炎魔法が使えるゴブリンメイジをもう一度捕獲して、そこから探索を続ける。あまり日が差さない遺跡の中に入ると、向こうに蠢くものが見えた。

《スケルトン　Lv3》
ATK22　DEF8　MAT10　MDF6　AGI17

真っ白な白骨が、かたかたと音を鳴らして笑う。

人型だ。こいつを混ぜたら人間っぽくなるか？

スケルトンは手にした上腕骨を振り回しながら、迫ってくる。

俺はほかの魔物に指示を出さずに、自ら進んでいく。そして敵が一足の間合いに入った瞬間、一気に飛び込み、炎魔法を使用。掌に生じたそれを、敵の胴体に押し当てた。

白骨が仰け反ったところで蹴り飛ばすと、バラバラになって地に転がった。

死んだか？　そう思ったのだが、辛うじて生きているらしい。いや、元々死んでるか、こいつら。

ともかく、主従契約を発動させる。

するとあっさりと契約できたので、早速ゴブリンメイジと混ぜてみる。

両者は魔法陣の中に入っていく。そして眩い光とともに、新たな形を得た。

《スケルトンメイジ　Lv1》
ATK9　DEF9　MAT24　MDF11　AGI16
【スキル】
「炎魔法Lv1」

うーん。確かに強いと言えば強いんだが。

そうじゃないんだよなあ。もっと人間っぽい魔物にならないかと思ってたんだ。

しかし、これまでの合成結果を見るに、二つが混ざるというよりは、それぞれの要素を選んでいく感じだろうか。「ゴブリン」と「メイジ」と「スケルトン」で、そのうちスケルトンとメイジが選ばれたとか。

まあいいや、とりあえずこのままで行こう。

かたかた、と骨の鳴る音が後ろから続いてくる……なんだか気味が悪い。やっぱりスケルトンはなしかなあ。

そうして進んでいくと、向こうに腐肉(ふにく)の塊(かたまり)が見えた。グールだ。

まだ距離があるのにここまで悪臭(あくしゅう)が漂(ただよ)ってくる。

こいつは却下。鑑定してみるとかなり防御が高いが、こんなの連れて歩けるか!

「スケルトンメイジ、炎魔法で奴を焼け」

命令を出すと、スケルトンメイジは炎魔法を使用、そして生じた炎を投げつけた。固形物のように扱(あつか)うこともできるようだ。

グールは全身を焼かれ、悶える。俺は自分でも炎魔法を用いて同じように投擲(とうてき)し、追撃を加える。

初めは失敗するかと思ったが、うまくいった。

敵はなすすべもなく、焼けて消滅。床の上の残滓(ざんし)は、見ないことにする。

なんか、この先にはろくな魔物がいそうにないなあ。でも街の付近よりも強力な魔物がいるから、強化には役立ちそうだ。

奥深くに進むにつれ、次第に辺りが暗くなってきた。これでは視界が悪いため、気をつけていかねば奇襲されかねない。

慎重に進み始めた俺は、向こうに魔物を見つけた。

これまでとは違って、不定形の魔物だ。

《スライム　Lv3》
ATK11　DEF30　MAT3　MDF17　AGI6
【スキル】
「擬態(ぎたい)Lv1」

ファンタジーでは定番のキャラだ。水色の半透明(はんとうめい)のゲル状物質がどろどろと動いているのを見るに、生き物なのかどうかもよくわからない。

しばらく眺めていると、奴はぐにぐにと体を変形させ始めた。

……ゴブリンか？

なんとなく人型っぽくなってはいるが、どろどろした人形にしか見えない。擬態のレベルが低いからだろうか。となれば、レベルを上げていけば、見たまんまの姿に……

よし、あいつ捕まえよう！

ホブゴブリンに突撃の命令を出す。

無防備なまま、スライムはホブゴブリンの突撃を食らった。しかし、ぐにゃりと変形したものの、あまり応えてはいないらしい。ホブゴブリンの頭部に纏わりつくと、そのまま取り込むように広がっていく。

大慌てのホブゴブリンは声を上げようとするが、わずかな音も出てこない。

あ、これやばい奴か？

「スケルトン、近づいて炎魔法。ホブゴブリンには当てるなよ」

俺は近づきたくないので、奴に行かせる。

スケルトンが炎魔法を浴びせると、スライムは嫌がって離れていく。

なるほど、炎は効くようだ。

ならば、と俺は奴目がけて炎を放った。数度浴びせると動かなくなったので主従契約する。難なく成功したが、こうなると枠が足りない。

なにかと混ぜるか。オオケダマウサギは合成したばかりだし、ダークウルフはこのままで使い勝手がいい。ホブゴブリンは混ぜても弱くなりそうだから、スケルトンにするか。

というわけで合成。

《ボーンスライム　Lv1》
ATK18　DEF20　MAT6　MDF13　AGI11
【スキル】
「擬態Lv1」「炎魔法Lv1」

どうやら無事に合成できたようだ。しかもスキルが二つも残っている。
見た目はスライムなんだが、骨格っぽいのが中にある。おかげで柔軟性は失われたものの、強靭性が増し、動きやすくはなったようだ。
と、そこで俺は自身のステータスを確認する。

《シン・カミヤ　Lv9》
ATK21　DEF21　MAT15　MDF17　AGI20
【スキル】
「大陸公用語」「鑑定」「主従契約Lv3」「魔物合成」「小型化」「ステータス還元Lv1」
「バンザイアタック」「スキル還元」「スキル継承Lv1」「炎魔法Lv1」

スキル継承なるものが増えている。スキルを引き継ぐ確率を上げられるらしい。

そして俺が擬態のスキルを持っていないのは、単純に使えないからのようだ。確かに、どう考えても変形するほうがおかしい。種族などによって使えるスキルとそうでないものがあるのだろう。

まあいいや、これでとりあえず擬態できるスライムをゲットしたんだ。

俺はボーンスライムの前に行って、

「擬態」

と告げる。ボーンスライムはうねうねと形を変えて、俺を真似してみた。が、まったく似ていないどころか、顔なんてただの球体でしかない。

お前の顔なんぞあってもなくても同じだって言いたいのか、このやろう。

……これじゃだめだなあ。

可愛い女の子の見た目を真似させて、楽しむ予定だったのだが、まだまだ道のりは遠いようだ。

そんなわけでちょっとがっかりしつつも、俺は進んでいく。合成を繰り返しているため、四体目のレベルは一向に上がらない。

そういえば、俺はスキルを使っているうちにスキルレベルが上がっていた。ということは、何度も何度も擬態させれば、レベルが上がるんじゃないか？

暇なときに試してみよう。

そんなことを考えながら進んでいくと、どこからか笑い声が聞こえてきた。

俺は思わず顔を上げ、辺りを念入りに探り始める。さっきのはおそらく、少女の声だ。こんなところに人間の子供が紛れ込むことはないだろうから、間違いなく魔物である。

よし、希望が見えてきた！

俺は声のしたほうに進んでいく。暗くてよく見えないが、まあ、大丈夫だろう。

耳に残る音を頼りに歩いていくと、壁にぶち当たった。

うーん？　まさか壁をすり抜けられるってことか？

そんな魔物どうやって倒すんだよ。いやいや、そもそもまだすり抜けられると決まったわけじゃ……

などと考えていると俺の目の前に、ぬうっと半透明の腕が現れた。

「うわあああ!?」

思わず後じさりする。その途中、掴まれた腕が、やけにひんやりとして気味が悪い。

慌ててダークウルフを呼ぶも、それ以降、手が出てくることはなくなった。

狼はくんくんと鼻を鳴らしてから、壁を指す。この向こうになにかがあるらしい。

俺は壁を調べていく。すると一か所、石材が外れる場所があった。どうやら隠し扉があったようだ。

開けて中を窺うと、その小部屋にはなんてことはない、ただ一つの白骨死体があった。ここに住んでいた者が、死後長らく放置されていたのだろう。

そしてふわふわと宙に浮かぶ少女。

鑑定が使用できたことから、魔物であることは間違いない。

《幽霊少女　Lv12》
ATK23　DEF0　MAT28　MDF70　AGI19
【スキル】
「透過」「エナジードレインLv1」

かなりレベルが高い。

いや、今はそんなことはどうでもいい。重要なことはほかにある。うっすら透けているが、可愛らしい女の子の姿をしているのだ。

くりくりとした大きな瞳、ややおかっぱ気味の黒髪に縁取られた滑らかな輪郭。ふっくらした頬は、やや生気が感じられないものの、どこか愛らしい。貫頭衣を纏っているため、下から覗けば見・・・えそうだ。

ちょっと俺の好みより幼いが、なにも問題はない。どうにかして彼女とお近づきになりたい。

そうだな、まずは挨拶からか。

「初めまして。俺はシン・カミヤと申します。よろしければ、お名前をお聞かせ願えませんか？」

返事はなく、少女はこちらをぼんやりと眺めたり、くすくすと笑ったりしている。やがて俺のほうにすっと近寄ってきて、手を差し伸べてきた。

これは友好の証だろうか⁉

俺がその手を取ろうとした瞬間、彼女は抱きついてくる。

彼女の体が、俺の中を通り抜けていく。同時に凍えるような寒さがやってきた。これがおそらく、スキル「エナジードレイン」の効果なんだろう。

少女はけたけたと笑いながら宙を舞う。

たぶん、言葉が通じていないんだろう。ならば、試してみるか。

俺は少女目がけて、主従契約を発動させる。魔法陣が浮かび上がり、そして少女に纏わりついていった。

彼女はしばし戸惑い、首を傾げた。

ああ、可愛いなあ！　さあ、仲間になってくれ！

……キィン、と音を立てて魔法陣が弾け飛ぶ。だめだったみたいだ。

しかし、俺はめげないぞ。何度だって、何度だってやってやる。

繰り返し主従契約をしているうちに、面倒くさくなったのか、少女が不満げに頬を膨らませる。

無能な営業マンに近しい強引なやり方だが、仕方なかろう。言葉が通じないのだから。意思を通じさせるにはこれしかない。

このままなんとなく押し負けて契約してくれれば——

そう思った瞬間、幽霊少女の足元に魔法陣が生じた。仮契約の状態になったのだ。俺は浮かれ気味に彼女のところまで近づいていき、どうするかを考える。

このまま彼女を手持ちに入れるには、枠が足りない。

だから合成するか、経験値にするかの選択を迫られているのだが……

幽霊少女はボーンスライムを見て、なにやら興味を示したようだ。もしかして、あれが肉体の代わりになるってことか？　確かに、骨とゲルで構成されてはいる。

ならば試してみよう。

俺は幽霊少女とボーンスライムを合成する。

二つの魔物が魔法陣に入ると、いよいよ新たな魔物となって、姿を現した。

《スライム少女　Lv1》
ATK7　DEF36　MAT13　MDF29　AGI13
【スキル】
「擬態Lv3」「エナジードレインLv1」「炎魔法Lv1」

ぺたん、とその場に座り込んだ少女。おお、可愛いぞ。

やや半透明なのはそのままだが、今度は肉体があるようで、スライムの色を反映したのか、髪は水色になっていた。自分の体をペタペタと触っている。

そしてにこっと、嬉しそうに笑った。

しかし今、彼女は服を着ていない。つるつるぺったんこだ。スライムの体だからなんだけど。

少女がこちらに駆け寄ってきて、俺にペタペタと触れる。

つるつるぷにぷにだ。人間の子供と感覚は随分違うんだろうなあ。さっきのスライムよりは、幾分(いくぶん)か人間らしい肌触りかもしれない。いや、気のせいか。

頭を撫でると、これまた愛らしい笑みを浮かべた。しかし、髪の感覚ではない。やはりスライムの、つるつるした感触なのだ。毛先は細くなっておらず、繊維というよりは、のっぺりした塊に近い。部分ごとの変化はないようだ。

魔物とはいえ、見た目は裸の少女なので、やはりこのままではまずかろう。

俺は背嚢(はいのう)から替えの衣服を取り出して、彼女に着せてあげる。慣れない衣服に戸惑いつつも、ちょっとぶかぶかなそれを気に入ったようだ。

それにしても、もしかすると彼女は元々は人だったのかもしれない。

名残(なごり)惜しげに後ろを眺めている少女。そこには一人の遺骨(いこつ)があるばかり。

しかしいつまでもこんなところにはいられない。俺は帰ろうと思って、小部屋を出る。

すると、帰り道を塞(ふさ)ぐように巨大な魔物が立ちはだかっていた。

頭から全身にかけて垂れ下がった襤褸切(ぼろき)れの隙間から、頭蓋骨(ずがいこつ)が覗いている。胴体はよくわからないが、おそらく骸骨なのだろう。しかし宙に浮いていることから、実体はないようだ。いや、奴が手にしている巨大な鎌だけは本物だろう。鈍く光を反射していた。

《レイス　Lv33》
ATK88　DEF0　MAT86　MDF66　AGI44
【スキル】
「透過」「実体化」「炎魔法Lv5」

これはちょっとやばいな。

というか、なんでまたこんな高レベルの奴に何度も遭遇するかな。しかも、帰り道が一本しかないときに。

真っ向からやり合って勝てる相手ではないだろう。しかし、これまで俺だってなにもしてこなかったわけじゃない。鍛(きた)えてきているのだ。

それにこいつはレベルの割に、そこまで強くない。ブラックベアーのほうが個体としては強かったくらいだ。

とはいえ、おそらく奴に通常の物理攻撃は効かない。透過のスキルによって、無効化されてしまうから。しかし、どういうわけか魔法系のスキルによる攻撃は効くようだ。なぜわかるのかといえば、従えた魔物との間に共感覚に似たなにかが存在しているからだ。

初めに感じたのは、ダークウルフがブラックベアーを発見したとき。それから何度も交戦しているうちに、感覚の共有ができるようになっていた。

そして幽霊少女と仮契約をしたときに、透過の効果も実感している。加えて、鑑定を使えばある程度の情報は手に入る。

思い返してみると、この共感覚は元々あったのかもしれない。初めから、言葉が通じずとも命令を飛ばすことはできていたのだから。

ともあれ、このままでは俺とスライム少女以外は戦力にならないことになる。

勝てないにせよ、なんとか退けねばならない。こちらがまったくなにもできないと見なされたら、相手は猛攻を仕掛けてくるだろうから。

ああくそ、まずいな。なにかハッタリでもかまさないと……

ひたすら目を動かしていると、レイスの視線の先にあるものに気がついた。先ほどの白骨死体と、そしてスライム少女だ。眼球なき眼窩に見つめられ、少女は怯えたように、俺の後ろに隠れる。

レイスはこちらに移動を開始した。

それに合わせて俺たちも回り込むように移動すると、奴は後退していく。出口を守っていやがる。

どうやら、俺たちを逃がす気はないようだ……いや、俺じゃないか。目的は彼女のようだ。

だが、なんにせよ、俺はこんなところでくたばる気はないし、彼女をおいて逃げる気もない。

追い詰めてから、俺が魔法を放って作った隙に逃げる。それしかないのだが、敵のほうが行動が早かったようだ。

奴の前方に、炎が生じた。火球は人を軽く呑み込めるほどに成長し、こちらへと放たれる。

俺は思わず足を止めた。と同時に、一歩先が業火で埋め尽くされる。暗い遺跡内が、昼間のように明るくなった。

熱波を浴びて、俺は冷や汗を流す。進んでいれば、間違いなく呑み込まれるところだった。

しかし、それこそ奴の狙いだったのだろう。俺が立ち止まっている間に、すっと距離を詰めてきていた。

尻餅をつくスライム少女へと、骸骨は鎌を振りかぶる。数多の命を奪ってきたであろう刃は、無遠慮に振り下ろされた。

が、その瞬間俺は飛び込んでいた。鎌が少女に達するよりも早く小型化を発動。小さくなった彼女を受けとめるなり、頭上からすさまじい風圧を感じた。

これは現実の刃なのだ。当たれば死ぬ。すなわち、ここに実在している——

「ウルフ、彼女を頼む！」

元のサイズに戻した少女を、近づいてきたダークウルフに放り投げる。そして彼女を背に乗せた漆黒の狼はレイスを挟んで俺と反対側から、出口を目指す。

レイスの注意がそちらに向いた。

瞬間、俺はありったけの力を込めて、炎魔法を発動。生じた火球をレイス目がけて投擲する。

炎を浴びて、奴の襤褸切れが燃え上がった。剥き出しになった骨格を見せつけながら、怒りに満ちた咆哮を上げる。

もはや少女のほうなど見向きもせず、一目散に俺へと近づいてくる。そして思い切り腕を振り上げた。

奴は間違いなく、俺を一撃で殺すべく動いていた。

だから俺は、後じさりする。奴が俺を殺しやすいように。怯えた姿を見せるように。

骸骨が、笑った気がした。

しかしその瞬間、絶叫とともに大気が震える。

発したのはレイス。奴の鎌を持つ手を、ホブゴブリンが打ちのめしていた。

なぜ透過している奴が、鎌を持つことができたのか。それは鎌を持つ手の部分だけ、実体化のスキルを使用していたからにほかならない。

奴の防御力は著しく低い。それゆえに、ホブゴブリンの一撃でさえも、すっかり怯んだのだった。

「逃げるぞ！　ケダマベアー！」

俺が言葉を発する前に、ケダマベアーは動き出していた。距離を取ったところから勢いよく転がり、速度を上げて俺のすぐ真横に達する。しかし、減速はしない。

作戦はすべて俺たちの中で共有されていた。

俺とホブゴブリンは、ケダマベアーにしがみついた。もちろん、側面だ。真っ直ぐ転がっているため、上なんかにしがみついたら潰されてしまう。

勢いよく回転するせいで、俺は激しく回されて、気持ち悪くなってしまう。しかし、手を離せばあらぬところに飛んでいってしまうか、地面に叩きつけられてしまうだろう。

ケダマベアーと視界を共有することで、俺は指示を出す。

やや方向が修正され、レイスの横を過ぎて出口に向かう。そのときには、ダークウルフも到着していた。

そして、俺のほうへとスライム少女を投げて渡す。

俺は彼女をなんとか抱きしめ、すぐさま小型化。

「よし、お前らよくやったぞ！」

逃亡計画の一段階目は成功。

しかし、油断はできない。後ろからはレイスがまだ追ってきている。

立ち止まれば、すぐに捕らえられてしまうだろう。少しでも時間を稼ごうと、俺は背後に攻撃をしようとしたが、それどころではない。

「右だ！　もうちょっと！　そのまま真っ直ぐ！」

ケダマベアーの乗り心地はただでさえ最悪なのに、道が悪ければますますひどいものになる。

入り組んだ道を行くも、ここでぶつかったらすぐに追いつかれる。

角を二度曲がると、グールが見えてきた。

「あああ！　飛べ！　躱せ！」

ぐちゃ、と音がした。

俺の叫びもむなしく、ケダマベアーはグールを轢(ひ)いて、後ろ足で蹴り飛ばしてまだ転がる。

ほっとしたのも束の間、今度はゴブリンの群れが見えた。

どうするか。

俺が考えるよりも早く、ダークウルフが動いた。先行してゴブリンを追い立て、道を開ける。

なんと優秀な子分だろうか。

「真っ直ぐだ！　突っ込むぞ！」

俺の命令を聞き、ケダマベアーはますます加速。最後の力を振(ふ)り絞(しぼ)って、最大速度まで上げた。

変わらずレイスは追ってくるようだ。

そしてゴブリンたちの間を通り抜けるなり、俺は炎魔法を用いる。

撒き散らされた炎は、ゴブリンどもに燃え移って、赤く道を塞いでいった。

出口から見える眩(まぶ)しい明かりが、いよいよ地上への生還(せいかん)を伝えてくる。しかし、ここで油断はできない。背後には、まだレイスがいるのだから。

と、そこでスライム少女が俺を引っ張った。その意を汲(く)みとり、小型化を解除する。

すると彼女は、背後目がけて炎を撃ち出した。俺が使用したものよりも大きな火球が、遺跡の中へと消えていく。

通路が赤く燃えるのが見え、ゴブリンの悲鳴が聞こえる。

そして俺たちは、温かな日差しに迎えられた。

勢いよく、ジャンプ台から飛ぶように、ケダマベアーは宙を舞う。

地上だ。木々が見えた。

「よっしゃああ！　やったぞ！」

今回は俺たちだけの力で、やりきったのだ。

叫ぶ俺は、こちらを見る視線にふと気がついた。横を見るとスライム少女がそんな俺をまじまじと見つめていて、やがて小さく笑った。

生還である。俺は安堵し、息を吐く。

そして次の瞬間、ケダマベアーは木々の中に突っ込んだ。数多の枝葉が引っかかり、そのまま地面に不時着する。もう、走る気力もなかったのだろう。すっかり疲弊して、そのまま動かないそいつは、

「くまくま」

と、達成感に満ちた鳴き声を上げた。だからお前、本当は熊じゃないだろ。

俺たちは投げ出された状態から、なんとか立ち上がった。ダークウルフの嗅覚（きゅうかく）によれば、敵が追ってくることはないようだ。

魔法を使える魔物をちょっと捕まえに来たはずが、なぜこんな大冒険になったのだろう。よくわからない。

しかし、俺は学んだことがある。

やはり住居は、女の子がいつ来てもいいように、立派なものにしておくべきなのだ、と。

5

遺跡からの帰り道、俺たちは皆でのんびり歩いていた。

ゴブリンが出るという地域を通り過ぎれば、後は平和なものである。

スライム少女は、俺の右隣に引っついて離れない。

ときおり、悪戯っぽく服の裾を引っ張ってみたり、こちらを見て微笑んだり。楽しげな彼女を見ていると、つい頬が緩む。

もうすぐ宿に着く。今日一日、頑張った甲斐があった。

あったかいご飯を食って、ふかふかのベッドに寝転がって——ああ、その前に風呂に入らなくちゃ！

そうだ、お風呂だ！　ケダマベアーはすっかり汚れてしまったから、洗わないと。ちょっと腐肉がついているあたり、このままだと衛生的にもまずい気がする。

よし、皆でお風呂に入るぞ。

やっぱり、家族風呂つきの宿はいいなあ。

そんなことを考えていると、ケダマベアーがぶるぶると震えた。俺のところまで、飛沫が飛んでくる。

「なにするんだよ」

俺が言うと、この真っ黒な毛玉はしょんぼりとしてしまう。

悪意はなかったのだろう、ただ、やはり汚れたままでは気持ち悪かったようだ。

「いや、悪かったな。お前も風呂に入りたいんだよな、帰ったら入ろう」

ケダマベアーの表面を撫でて汚れを取ってやる。べちゃべちゃしていた。

……まじかよ。

しかも、結構臭（にお）う。

スライム少女は、先ほどの位置とは反対側の、俺の左腕にくっついた。

うーん、失敗だなあ。触らなきゃよかった。

そんなことをしているうちに、街が見えてきた。ダークウルフとケダマベアー、ホブゴブリンは小型化して、ケージの中に入っていく。魔物たちにとってはなかなか居心地がいいようにできているらしい。俺にはよくわからないが。

しかし、スライム少女はまったく入ろうとしない。

どうしようか。見た目は人間っぽいから、ばれないならこのままでも構わないんだけど……

「じゃあ、今の姿から別の物に擬態しないでね？　大人しくできる？」

スライム少女は口を開いたが、どうにもうまく発話できないようだ。幽霊少女のときも言葉が通じていなかったようだが、今回は発声器官自体がないのかもしれない。

擬態のレベルが3にもなれば、見た目は結構細かく似せることができるようだが、中身までうまくはいかないらしい。

ま、そのうち話せるようになるだろう。

彼女は大きく頷いた。これはこれで可愛らしい。

そんなわけで、俺たちは街の中に入っていく。門番とも軽く挨拶を交わすだけで済む。何度も出入りしているから、すっかり顔を覚えられているのだ。

「おい、シン。誰だよその子？　まさかお前が女の子を連れてくるなんてなあ。なんだ、そんな幼い子がよかったのか？」

からかうように言われると、俺はむっとする反面、なんだか得意になってしまう。

俺だって、女の子と一緒にいたことくらいあるっての……いや、なかったか。

ともかく、これからは一緒にいるのだ。羨ましいか。どうよ。

「まあな。どうだ、実に可愛いだろう？」

「いやまあ、可愛いと言えば可愛いが……」

ちょっと蔑視されているような気がする。

まあ、魔物だから見た目と年齢なんて比例しないし。そもそもいくつなんだろう、彼女は。

そうしていると、スライム少女がくいくいと俺を引っ張る。早く街に行きたいらしい。

「じゃあまたな。俺はこれから忙しいんでね」

やっぱり女の子を連れていたら言ってみたい台詞だよな。なんにも用事なんてないんだけれど。

そうして俺とスライム少女は街に足を踏み入れる。

やっぱり人が多い。スライム少女は辺りを見回して、驚いているようだ。

彼女の衣服も買ってやらないとな。さすがに男物の貫頭衣じゃかわいそうだ。それに、下にはなにも穿いていないし。強風にあおられたら丸見えになってしまう。

俺には、露出させる趣味はないのだ。

二人きりのときに、ちょっと大胆な格好で迫ってくるのは大歓迎だけど、見ず知らずの奴らに見せてやるほどサービス精神はない。もうひやひやして、楽しむどころじゃないのだ。

彼女がぱたぱたと走るたびに、裾がひらひらして、俺は気が気ではない。早く下着を買ってしまおう。そう思って街中を行く。

スライム少女は見るものすべてが珍しいらしく、あっちに行ったりこっちに行ったりしているが、すぐにはっとして大人しくなる。言いつけは守ろうとしているらしい。そんな仕草は実に微笑ましい。

やがて衣服の店を見つけると、俺たちは中に入る。

女性向けの服は、そんなに高くない。この世界では、女性の賃金のほうが低いらしく、相応の物ばかり売られている。

俺は適当に眺めていって、スライム少女が試着して気に入った物をいくつか購入。ドロワーズにシュミーズといった下着からワンピースに近い上衣など、なにからなにまで買ったので財布はすっからかんだ。しかし、悪い気はしない。

さあ帰ろうか、とケージに目を向けると、そこにはズボンを穿いたホブゴブリンがいる。

あれ？　こいつ、服なんか着てたっけ？

しばしホブゴブリンを眺めていると、すぐ近くにいくつかの小さな人形があることに気がついた。そのうちの一体だけ、服を着ていない。

……おい！　勝手に試着するなよ！

自慢げにポーズを決めるホブゴブリン。俺はケージの中に手を入れて、慌ててホブゴブリンからズボンを引っぺがそうとするが、必死で抵抗される。力を入れれば服が破けてしまうから、思い切って行動もできない。

もっと小さくすれば脱がせられるはず、とホブゴブリンを小型化すると、服まで一緒にサイズが変わってしまった。このスキルは身につけているものまで反映されるようだ。

そうして引っ張り合いをしているうちに店員がやってきてしまった。

「おや、魔物が服を欲しがっているのですか？　珍しいですね。これは私が趣味で作っているものですから、よろしければお分けしますよ」

「そ、そんな！　申し訳ないです」

「いえいえ。そんなに気に入ってもらえるなんて嬉しいです。それに、たくさん買っていただきましたから。サービスしますよ」

「ありがとうございます！」

俺はひたすら頭を下げるばかり。

ダークウルフとケダマベアーにズボンを自慢しているホブゴブリンにはあとでお仕置きしておかないと。

そうして少々トラブルもあったが、俺たちは買い物を済ませて満足しつつ、店をあとにする。

スライム少女は買い物袋を大事そうに抱えて歩く。

ああ、いいなあ。こういう子を求めていたんだよ。ブランド品とかねだらず、ちょっとしたものでも喜んでくれるような子。これならいくらでも買ってあげようと思うし、お互い、いい気分で過ごせる。

この世界に来てろくなことがないとばかり思っていたが、人の考えとは変わるものだ。いや、状況が変わったからか。

俺は今、人生で一番幸せかもしれない。

この世界にはクーラーもインターネットもないが、可愛い女の子と一緒にいられることを思えば、なんということはない。

インターネットで見られる動画なんて、所詮(しょせん)データなんだぜ？　やっぱりさ、こう、実際に会える女の子とは違うわけだ。

スライム少女を撫でる。つるつるむにむにしている。

ああ、まったく。女の子の肌がすべすべとかネットに書いてた奴はなんにも知らないんだなあ。つるっつるだよ。

女の子の頭を撫でたらふわふわとか、お尻がもちもちだとか、あんな偉そうに書いていた奴らはまったくわかってなかったんだな。どこ触ってもぷにぷにだ。

公衆の面前なので、問題なさそうなとこしか触ってないが、それだけでもこんなに間違いがあるんだ。ははあ、奴らも童貞だったんだろう、だからありきたりな表現ばかりを使ったんだ。

女の子はつるつるぷにぷにする。それが世の真理であろう。

そんな馬鹿なことを考えているうちに、我が宿に着いた。今宵(こよい)はここで明かすことにしている。

「さ、入ろうか」

うっかり右手を差し伸べると、スライム少女はさっと飛び退いて、俺の背中側に回った……そういえば、まだ洗っていなかったな。

彼女と入っていくと、女将がこちらを見て怪訝そうな顔をした。

人さらいじゃないぞ。そういう厄介事を持ち込む人も少なくないんだろうが、俺は違うはずだ。

……いやしかし、もっと厄介かもしれない。レイスから奪い取ってきたんだし、彼女は魔物だし。

まあいいや。

「女将さん、浴室は使えますか？」

「ええ。先ほど二人組が使い終わったところで、まだ清掃は終わっておりませんが……」

「構いませんので、これからお願いします」

「はい、かしこまりました」

俺は自室に戻って着替えなどを取ってくるなり、風呂に向かう。

そして更衣室へ。風呂と言っても本当に簡易なものなので、扉の向こうには、風呂窯と水を汲みあげるポンプくらいしかない。

というわけで、まずは水を汲むところから始めねばならないようだ。

俺はポンプを操作しながら、炎魔法で窯を温めていく。

そして中の湯が増えてくると、衣服を脱ごうとする。振り返ると、すっぽんぽんになったスライム少女が、働く俺の姿を眺めていた。

やはり全身が露わになっていると、肌がスライムに近いことがよくわかる。そんな彼女には、羞恥心というものはないようだ。

俺はそれから、小型化したケダマベアーを湯につけ石鹸を泡立ててスポンジ代わりにし、ダークウルフとホブゴブリンをごしごしと洗ってしまう。かなり汚れていたが、小型化しているのですぐに綺麗にできた。終わると、浴槽の中にぽいと投げ入れる。

それから、これまたケダマを使ってスライム少女の体を丹念に洗っていく。まさに透き通るような肌だ。というか、ちょっと透けてる。厚みがない髪の部分なんかは、おぼろげながら向こう側が見えている。

そんなことを考えていると、ケダマベアーが鼻を鳴らした。どうやら、うっかり顔の部分で洗ってしまったようだ。石鹸に塗れて、奴は嫌がるように顔を擦りつけていた。

「すまんな」

お湯で顔を拭ってやると、再びケダマベアーは大人しくなった。

そうして入念に洗い終えると、今度は自分の体を洗う。前の世界とは違って、石鹸は素朴なものだが、そのくせ結構なお値段がしてしまった。それでも、この極楽なひとときを得られるのなら、安いものだ。人はほんの僅かな快適さのために、日々頑張って働くのである。頑張った自分へのご褒美、というやつだ。

頭を流し終えると、俺の背につるつるぬるんとした感覚が生じた。例えるなら、油まみれのこんにゃくを押しつけられたのが近い。

いったい、なにが起きているのだ⁉

振り返ると、俺に抱きついているスライム少女の姿。手には粘度の高そうな液体の入った小瓶。

さっきの感触から察するに、中身はローションかなにかだろうか。なんでそんなものが……？

ふと、女将の言葉が頭をよぎる。

……前の客の忘れ物か！　なんというものを忘れていったんだ！

少女はぬるぬるつるんとした感触を楽しんでいるらしい。無邪気な笑顔が眩しい。俺には眩しすぎる。

だって俺には、この状況で邪念しか浮かばないのだから。

あまりよろしくないからやめさせようと思うも、彼女は困惑する俺をからかうように微笑む。

ま、まさかわかってやってるのか？　いや、そんなはずはなかろう。

俺はどきどきしたり慌てたりと、煩悩に打ち勝つまで長い長い時間を要したのだった。決して、堪能していたわけではないのである。

しかし、俺の人生史に残る、素晴らしいひとときであったのは間違いない。スライム万歳。

◇

その日、俺は自室でスライム少女と会話をしていた。

「シン。シ、ン」

自分を指さして、何度も繰り返す。

「しー、しー」

スライム少女がなんとか言葉を捻り出す。会ったばかりのときは声も出せないでいたのだから、随分な変化である。

発するのは「あー」とか「うー」とか、言葉とは言えないようなものばかりだが、ちょっと得意げになっている辺りが実に愛らしい。

胸を張りながら、どうだと言わんばかりのスライム少女。

「よしよし、よくできたな」

「えへー」

俺に撫でられながら、なんだかあざとい仕草をしつつ抱きついてくる。

俺たちがそうしている間、ホブゴブリンとダークウルフは、ケダマベアーを転がして遊んでいた。

ルールこそないものの、サッカーのようなものだ。

転がっている間に、ケダマベアーは床のごみをころころと絡め取っていく。掃除にはなるけどさ、汚いよなお前。というかそんな扱いでいいのか。

と思っていたが、案外ケダマベアーは楽しんでいるらしい。たまにぴょんと跳ねてみたり、一応参加しているようだ。

そちらを眺めていると、スライム少女は自分を指さす。

「しー、しー」

「違うよ、シンは俺」

頬を膨らませ、ちょっぴり不満げな彼女。どうやら、自分を示す言葉が欲しいようだ。確かに、いつまでもスライム少女と呼称しているのでは不便である。

俺はしばらく考えて、彼女に告げる。

「ライム」

「らーむ！」

少女は嬉しそうなので、決定だ。今日から彼女はライムである。爽やかな感じでそんなに悪くないんじゃなかろうか。

俺がライムを見ていると、ふと視線を感じた。そちらに目を遣ると、三体の魔物がじっと俺を眺めている。

……お前らも名前欲しいのか？

合成するたびに種族名は変わるから、同じ名前があったほうが便利だ。しかし、混ぜたときに自己同一性は保たれているんだろうか。

なんにせよ、魔物たちが楽しげに待っているので、俺は名前をつけることにした。

「じゃあお前はケダマだ」

そのまんまだが、ケダマベアーは「くまくま」と鳴きながら転がったので、ケダマで決定。「くま」とかつけるよりはいいんじゃないだろうか。本体は毛のほうっぽいし。

それから、いつの間にか近寄ってきているホブゴブリンを指さす。

「お前はゴブな」

ホブゴブリンは「ゴブッ」と元気に声を上げる。ケダマといいゴブといい、鳴き声おかしくないか。まあいいや。

「最後に、ウルフ」

これまた安直な名前だが、ダークウルフはしゃんとお座りして、尻尾を振っている。

なんとなくだが、こいつらとも親しくなれた気がする。

そうして嬉しそうなみんなを見ていたのだが、俺はふと思いつく。

「お出かけしようか」

「おー」

ライムが嬉しげにぱたぱたと駆け出し、ゴブとウルフがサッカーの要領でケダマとケージに押し込んだ。準備はばっちりだ。

宿を出てしばらく街中を行くと、目的の場所は見つかった。

図書館である。

ここの公用語は表音文字（ひょうおんもじ）なので、なんとなく文字は読めるようになってきたが、詳しい言葉はよくわからない。

何度か口に出しているうちに、ああ、あれか、と納得できることはあるが、やはり知識に乏しいことに変わりはなかった。

というわけで、学習のためにここへやってきたのだ。ライムに言葉を覚えさせるのにも丁度いい。

入館料などを払って手続きを済ませて中に入る。本は持ち出し厳禁で、読みたいものがあるたびに、棚から取り出してもらう必要がある。

ここでの本の価値は、俺の感覚とは大きく違っているため面倒に思われるのだが、そういう決まりなのだから仕方がない。

まずは児童向けの本で、ライムと一緒にお勉強。

俺の朗読に合わせて、彼女もうんうんと頷いたり、ときおり言葉を発してみたりする。

そんなことがしばらく続くと、飽きてきたので別の本へ。その繰り返しの何度目かにして、ちょっぴり難しめの本を手に取った。

魔物の生態系について書かれた本だ。

どうやら、魔物は生き物としての習性があるほかに、人間とは異なる繁殖様式を持つものもいるそうだ。なんでも、水に魔力が溜まって生じるとか、木の傷から生じたシロップに魔力が宿って生まれるとか、野生動物が凶暴化して魔物になるとか。

どうにも疑わしい内容が書かれているのだが、ライムはまったく興味を示さないので読み飛ばしていく。

そして、イラストが描かれているページに達した。

ライムが俺の隣で、覗き込んでくる。そこには、様々な魔物の姿が描かれていた。

ゴブリンやコボルト、それからケダマウサギなど、ここら辺にいるものから、オーガやオーク、トロールなど、この周辺では見かけない魔物もある。

見ていくうちに、魔物はてんでばらばらな種族ばかりというわけでもなく、亜種が非常に多いことがわかってきた。ゴブリンがホブゴブリンになったりするように、ほかの魔物も亜種が多くいるようだ。

厄介なのは、そうした種にはきっちり分けきれない魔物がいるということである。とはいえ、だいたいはなんらかの亜種になるらしい。

ケダマウサギとブラックベアーは見た目も性質も異なっているが、混ぜるとケダマベアーになった。これはどちらかといえば、ケダマの亜種だろう。

ともかく、混ぜたからといって、まったく新しい種ができたり、二つの性質を半々に持つような魔物ができたりするわけでもないようだ。

ということは、スライム少女も色々混ぜていけば、少女のほうか、あるいはスライムのほうに偏(かたよ)っていくのかもしれない。

このままでも十分可愛いし申し分ないのだが、強いならそれに越したことはない。

読み進めていくとやがて、なにやら過去の伝説の魔物使いが連れていたという魔物のページに行き着いた。こんなのいるんだろうか、と思われるような説明だ。巨大なドラゴンだったり、数万年を生きた妖狐だったり、はたまた巨人であったり。

うーん、もしかすると、俺の前に呼び出された主人公だったりするんだろうか。

何千年も前の伝説のようだし、まったく信憑性はないけれど。

そんなことを考えているうちに、最後のページになってしまった。結局、幽霊少女やスライム少女に関する魔物の情報はなかった。どういうことなんだろう。レアな魔物だということだろうか。

それからしばらく、今後の行動に関わるような本を読んだりしているうちに、閉館の時間になり、図書館をあとにする。ケージの中の魔物たちはすやすやと眠っていた。

そういえば、これといって戦いに関することを丸一日なにもしなかったのは、この世界に来てからこれが初めてだった。

少し前まではそれが普通だったはずなのに、今は違う。魔物を打ち倒し、そうして得た素材を売って生活しているのだ。

傭兵ギルドを通じて依頼が入ってくることはほとんどないから、裕福とは言い難いが、ほどほどの生活を送るには十分だった。

帰り道はすっかり暗くなっており、街行く人々の間には酔っ払いの姿が目立つ。

仕事から帰ってきて、一杯ひっかけたのだろう。

そんな人々の様子を見ながら、俺はやはり呑気に歩いていた。酒も飲まないし、宿に戻れば夕食は用意してくれるはずだ。

だから、どこかに寄っていくこともなく、帰るのである。

昔からこんな生活ばかりだったなあ。きっと、つまらない人間なんだろう。しかし、隣でライムは笑っている。そのことが嬉しくて、俺はやや浮かれてしまう。

やがて、向こうから傭兵らしき男たちが歩いてくるのが見えた。すっかり出来上がっている。絡まれたくないので、できるだけ反対側の道を歩いていたのだが、

「おう、にーちゃん。こんな時間にそんな子を連れて出歩いちゃあ、いけねえなあ」

向こうから声をかけてきた。

「はあ、そうですね」

それしか返す言葉が見つからなかったので、適当に返したのだが、癪に障ったらしい。

俺のほうに向かってくる。

「なんだおめえ、そんなちっちぇえのが好みかよ！」

仲間が下卑た声を上げる。

そして男がライムに近づこうとしたので、俺は遮るように間に立った。

もし、彼女が魔物であることがばれたら、あまりよろしくはない。そもそも魔物は街中では小型化していなければならないのだから。

でもそれだけじゃない。奴に彼女を触れられるのは嫌だったのだ。

「邪魔するんじゃねえよ」

「なんのことでしょうか。私たちはここから帰るだけなのですが。だいたい、邪魔しに来たのはあなたでしょう」

「……こんのっ！」

男が大振りに腕を振りかぶる。短気な性格のようだ。

俺は素早く鑑定を発動させる。

《レヴィン　Lv10》
ATK14　DEF20　MAT12　MDF18　AGI16

俺よりもステータスは低い。ならば、勝てないことはないだろう。

素早く相手の腕を取り、その勢いを生かして投げ飛ばす。

男が道端に転がっていくのを見て、ほかの男たちが一斉に動き出した。

「ライム、逃げるぞ！」

彼女の手を取って、走り出す。

一対一なら勝てるが、俺一人で何人も相手にするのは無理だ。ケダマベアーをけしかければ、奴らなど簡単に蹴散らせるが、街中での小型化解除は御法度である。

というわけで逃げ出したのだが、奴ら、酒がまわっているにしてはなかなか速い。傭兵稼業が長いのだろう。

俺たちは必死で走って、走って走って、ようやく追っ手を撒（ま）いたときには、すでに宿の近くまで来ていた。もっと落ち着いて帰る予定だったのにな……

しかし、俺はほとんど息切れしていなかった。ここに来てからというもの、毎日魔物との戦いに明け暮れていたおかげで、体力がついていたのだろう。

あんなことがあったから疲れているか、あるいはすっかり怯えているかと思いライムを見たが、気にしている様子はない。

どころか、嬉しげに俺の手を握ったままなのだ。

スライムの柔らかな感触。俺はそれに慣れてきていた。

「さあ、きっと美味しいご飯が待っているよ。帰ろうか」

「おー！」

ライムは元気よく答える。

これくらいの簡単な会話はもうできるようになっていた。成長がちょっと寂しくもあり、楽しみでもある。

そうして予定外のこともあったけれど、この一日を堪能したのであった。

6

朝、俺たちは街外れの森の中を歩いていた。

理由はいくつかあるが、どれもたいしたものではない。強いて言うなら、生きていくためだ。日銭を稼がねば、宿からも追い出されてしまうだろう。

ブラックベアー討伐のときの報酬はいまだに残っているが、稼げるときに稼いでおかねばならないのだ。傭兵といってもいつでも仕事があるわけでもないのだから。

とはいえ、これは俺が堅実な性格だからなのかもしれない。ほかの傭兵たちは手に入れた金で酒を飲んでばかりいる者が多い。金がなくなれば、細々と魔物退治をして素材を集めたり、はたまた野盗に身をやつす者もいたりする。そのほか、強盗騎士をひっ捕らえて釈放の金を強請ったり、村の護衛をしたり、農作業をしたりする者さえいる。

しかし俺は基本的に魔物の力に頼り切りであり、かつ同業の仲間もいないので、こうして魔物を倒しにいくのだ。

その目的には、レベルを上げることもある。ブラックベアーやレイスといった強敵と相対しても、これまではなんとか切り抜けることができていた。しかし、今後もうまくいくとは限らない。

戦いのセンスが磨かれるかどうかは俺の才能がわからない以上、過度な期待は禁物だが、レベルは努力した分だけ反映される。

それに俺のパーティにはライムが加入したばかりなのだ。彼女のレベルはまだ1と低いから、すぐにレベルは上がっていくだろう。魔法が使えるため、戦力としても期待できる。

人が一人と魔物が四体。ここまで増えれば、できることも多くなる。連携を取れるようにしておきたいところだ。

そんなわけで、しばらく魔物を探していると、茂みの向こうに、人の背丈ほどもある、真っ白な巨大キノコを見つけた。

《ヒトクイダケ　Lv5》
ATK16　DEF16　MAT7　MDF5　AGI12

こちらから近寄らない限り、攻撃してこない魔物だ。

しかし、なにも知らずに通りかかった人がいれば、突如襲いかかり、丸呑みにしてしまうという恐ろしい性質を持っている。

「よし、やるか。ライム、いける？」

「おー！」

ライムはぷにぷにした腕を上げて答える。そして炎を生み出すと、ヒトクイダケ目がけて放った。真っ白なキノコが燃え上がる。

ヒトクイダケは石突きの部分から短い足をすっと出して、とことこと歩き始めた。あまり速くないので、俺はちょっと距離を取る。

そしてしばらく眺めていると、力尽きてその場に倒れた。そのときには、すでに火も消えている。

向こうから攻撃してこないため、こうしてやすやすと先手を取ることができるだけでなく、魔法系のスキルを使えば簡単に倒せるのだ。しかも——

ケダマが消えずに残った燃えカスの中に鼻を突っ込んで、がさごそと漁り始め、やがて白い繊維質の塊を掘り出した。

魔物の素材である。結構美味らしく、比較的高値で取引されているそうだ。

こうした魔物由来のものは、すべて傭兵ギルドで買い取ってもらえるため、自分で取引先を探すことを考えれば非常に楽である。もちろん、税金などを天引きされているわけだが。

しかし、裏取引なんかに手を出すほど人脈はないし、なによりそんなのは面倒くさい。ギルドの買い取りも比較的良心的な価格なのだから、欲を出すこともないだろう。

ケダマはヒトクイダケの身を咥えて、のそのそと此方に近づいてくる。ちょっとだけ食べた跡があるのだが……わざわざ持ってきてくれたわけだし、俺も強くは出られない。この食いしん坊め。

そんな奴は煤で顔が真っ黒になっていた。俺はかつての教訓を生かし、そこらに生えている葉っぱを取ってて、それで顔を拭ってやる。自分まで汚れてしまう愚を犯すことは、もうないのだ。

……どうやら、葉っぱの裏からはねばねばした液体が出ていたようだ。ますますべたべたにしてしまった。

「すまん」

ケダマは嫌がるように、地面に鼻をこすりつける。もう泥でぐちゃぐちゃだが、元気に動き出したので、気にしないことにした。元々黒いし、あんまり変わらないはずだ。

俺はケダマから受け取ったヒトクイダケの身を、腰に下げた袋に放り込んで、また歩き始める。

荷物持ちは、俺の役目だ。ケダマは転がるからだめだし、ウルフはあまり体格が大きくない。ゴブに持たせてもいいんだが、そうなると俺が代わりに敵を引きつけねばならないことになる。それは嫌なので、荷物持ちという名の、後ろに下がっている役を演じるのだ。

それから進んでいくうちに、あちこちの山菜などを取っては背嚢に入れていく。魔物の素材ほど高くはないが、売れないことはない。もちろん、これは重くなるので、いざというときには捨ててもいいように、魔物由来の素材とは別の袋に入れることにしている。

やがて向こうにゴブリンを見つける。奴には悪いが、実験台になって貰おう。

俺はライムに指示を出し、真っ先に敵に向かう。一対一ならば、余裕の相手だ。

俺がゴブリンを背後から羽交い締めにすると、ライムが手を伸ばす。そして触れた瞬間、ゴブリンが悲鳴を上げた。

古びた金属が壊れるように、甲高いものだった。

ゴブリンは一秒とたたずにぐったりし、そのままばたりと倒れる。

……まじかよ、いくらゴブリンの魔法防御が低いとはいえ、こんな簡単に倒れるとは。

ライムに指示したのはエナジードレインだ。触れたものからエネルギーを奪い、回復することができるスキルらしい。レベル1でこれなんだから、もうちょっと上げればかなり強くなりそうだ。

もしかすると、俺に使ったときは、手加減してくれていたのかもしれない。そうでなければ、寒い程度では済まなかったはずだから。

どの程度のものか、と俺自身も使ってみることにした。

コボルトを見つけると、すかさず飛びかかってエナジードレインを発動させる。触れたところから、生気が流れ込んでくるのが感じられた。

ということは、おそらく敵に触れている面積が大きいほど、効果は大きくなるのだろう。だとすれば、透過のスキルを持つものでないと、最大限に効果を発揮することはできないということでもある。

これだと、ちょっと使い勝手が悪いかもしれない。そもそも敵に接近しなければならないし、それなら剣のほうが早い。

一応、魔法攻撃になるため、物理攻撃が効きにくい相手には有効だろうか。

そんなことを考えていると、ライムが俺のほうに炎を打ち出した。

頭上を通り過ぎ、向こうの木に命中。大きく燃え上がると、上から瘦せこけた猿が落ちてくる。

俺は慌てて距離を取りながら、鑑定を使用。

《モンキーシーフ　Lv5》
ATK7　DEF7　MAT5　MDF2　AGI45

こいつ、素早さだけが高いな。ステータスの補正だけでなく、元々が移動に長けている種族らしく、データ上から窺える姿より、身軽に感じられる。

俺の足元にあるコボルトの皮をじっと見つめていたが、やがて周囲を窺い始めた。

どうやら、こうして人様のものを奪って、生きながらえているらしい。なんてやつだ。

しかし、すでに包囲は済んでいるのだ。火の粉が舞い散る中、俺の配下の魔物たちがじりじりと距離を詰めていく。

奴が背を向けた瞬間、ウルフが飛び込んだ。その速さには対応できなかったらしく、一気に喉を噛み切られる。

ごろり、と横たわると、モンキーシーフの肉体は消えて、尻尾だけが残った。これ、売れるんだろうか？

そんなことを考えつつも、俺は帰途に就くことにした。

今回は、頭上もしっかり確認せねばならないという教訓になった。俺には魔物たちとの共感覚があるのだから、そこを活かしていく必要があろう。

帰り道、次第に俺の袋は重くなっていく。

それでもたいして疲れやしないのは、ステータスのおかげか、はたまた俺が慣れただけなのか。

やがて傭兵ギルドに戻ると、俺はカウンターにて売買を行う。

その手続きをしている最中、事務員が声をかけてきた。

「……シン・カミヤ様。お時間よろしいでしょうか？」

「ええ。なにかありましたか？」

俺が答えると、彼は個室に案内してくれる。

どうやら、情報の漏えいなどを気にしているようだ。もしくは、俺に不利益にならないように気を遣ったのか。

そうして俺が個室に赴くと、職員はライムのほうを気にしたようだったが、構わず進めるよう告げる。

「シン様に依頼が届いております。仔細を読み上げてもよろしいでしょうか？」

「お願いします」

直接俺に頼むとは、どういうことだろう。

内容は、いたって普通のものだった。いや、俺の常識から考えれば普通ではないのだが。

貧民街の一角を不当に占拠（せんきょ）している者たちを追い出してほしいとのことだ。そこはすでに国の治安維持も及ばぬ場所になっているらしく、ごろつきがたまってしまったため困っているらしい。かといって、報復される可能性を考えると、国に助けを求めるわけにもいかないようだ。

ここまでは、おそらくそう珍しい話ではないだろう。

なにか裏があるのではないか。そう思って尋ねるも、職員は首を横に振った。

「依頼につきましては、書類上の不審（ふしん）な点はございません。お代もすでにいただいております。シン様の活躍を聞き、ぜひお願いしたいとのことでしたが、気が乗らないようでしたら断ることも可能です。いかがなさいますか？」

そもそも魔物がいないんだから、街中での危険なんぞ、限られている。

俺はしばし悩むも、報酬が魅力的だったので、引き受けることにした。ギルドが金を持ち逃げすることもあるまいし、そこの問題はない。

そう決断すると、予定の日まで俺は羽を伸ばすことにしたのだった。

◇

手続きを済ませてギルドを出た俺は、酒場に来て、注文した飯が運ばれてくるのを待っていた。

しかし、ただ待っているだけではつまらないので、目を瞑（つぶ）ったまま、辺りの様子を窺う。

人は大部分の情報を、視覚情報から得ていると言われている。実際、目を瞑ったら片足立ちすらうまくできないのだ。

そんな重要なものをシャットアウトすれば、当然ろくな結果にはならない。

しかし、その状況下で生活していれば、おのずと別の能力が冴えてくる。

漂ってくる香ばしい匂い。焼ける肉、しっかりと味が染み込んでいるであろう煮込んだ魚、ふんだんに香辛料のかかった飯の香り……

酔っ払いがグラスを叩きつけるようにおく音。ウェイトレスがぱたぱたと駆けるたびに軋む床、愚痴とともに生じる笑い声。

近くを人が通るたびに揺れる風は、涼しげな感覚をもたらす。

普段は気にならない、僅かな感覚だ。

そしてそれらに加えて、俺には別の感覚があった。

配下の魔物たちが見ている光景が、なんとなくわかる。

当然、いくつも音が重なったり、視界がダブったりしては不便だから、通常の感覚とは異なるが、確かに彼らの感じているものが俺にも伝わってきているのだ。

ケダマは聴力がいいらしい。あまり視力はよくないようだが、物音にはよく反応している。しかし、どうやら食い物のことばかり考えているようで、俺までつられて涎が出そうになってしまう。

ウルフは嗅覚に優れているようだ。離れたところにある多くの料理を識別できるほどに。ライムはその体の特徴もあって、圧覚の感度が高い。ゴブは……まあいいや。

こうして集中していると、ますます感覚は鋭敏になっていく。自分の肉体を捨てて、誰かに乗り移っているような気分にさえなってしまう。

が、服を引っ張られる感覚が、俺を現実に戻した。

「しー」

ライムが物欲しそうに、近くの席に運ばれていった色とりどりのグラスを眺めていた。

「だめだよ、お酒は。酔っぱらっちゃうから」

「むー」

ちょっぴり不満げであるが、仕方がない。自室ならまだしも、こんな公共の場で酔っぱらって暴れることがあれば、間違いなく処罰されてしまうだろうから。俺も彼女も、そんなことは望んでいない。

しかし、料理が運ばれてくると、彼女はすぐに機嫌を直した。

一つの皿にこんもり載せられた料理からは、香ばしい肉の匂いが漂ってくる。飯は雑穀を煮たものだ。

ライムはスプーンとフォークを使い、ちょっぴり下手な持ち方で食事を始める。人間と同じものを食べられるし、好き嫌いもないようだ。悪食とも言えるかもしれない。

実に美味しそうに食べていく彼女を見るだけで、つい食欲が湧き上がってくる。

自分の物に手をつけつつ、俺はケージの中にいるケダマたちに料理を与えた。彼らは仲よく三体で分けながら、食事をする。魔物同士で相性の善し悪しがあるわけでもないようだ。もしくは、たまたまうまくやっていける組み合わせだったのか。

そういえば、こいつらに意思を伝えることができていたのも、もしかすると逆方向の伝達ができたからこそなのかもしれない。

あー、ということは、うっかり邪な考えとか漏れたりしてるのかな？　いやいや、そんなことはないだろう……ないはずだ。

うん。ライムの態度を見る限りそんなことはない。

彼女は一人頷く俺を見て、小首を傾げた。

7

いよいよ、依頼の当日。

俺たちは指定された場所に集まっていた。といっても、俺とライムの二人だ。ケダマたちはケージの中にいるため、依頼には関わらない。街中に出すわけにはいかないのだから。

依頼人らしき人物を見つけると、指定の合図を出して確認。

「シン様。此度は依頼を受けていただき、ありがとうございました。早速向かおうと思うのですが、よろしいですか？」

「はい。よろしくお願いします」

簡単な挨拶を交わすと、もう無駄口を叩くこともなくなる。

目的は貧民街の奪還、それだけだ。

しかし、そんなに金がある人物には見えない。いったい、あれほど高額な依頼の金をどこから調達したのだろう。

もちろん、俺がそんなことを尋ねるわけにはいかない。ただ、黙々と目的をこなせばいい。

道中では俺とともにいるところを見られないよう、依頼人を尾行するような形で、少々距離を取っている。

そうして歩いていくのだが……これまで過ごしてきた街中と比べると、遥かに人々はみすぼらしい。薄汚い衣服に身を包み、顔は泥にまみれている。ちょっと道を外れれば、転がって寝ているものもいるし、ハエがたかっているようなものもいる。

ゴミが散らかっており、衛生的にもかなりよろしくない状況だ。

この有様は、俺にとって衝撃的だった。日本では、どこを探したってこんな場所はなかったから。

ウルフは鼻がきくから、悪臭を嫌がるように鳴いた。

そしてケダマの毛の中に引っ込んでしまう。それを見ていたゴブも仲よくケダマの中に入っていった。このケダマ、収納力高いな。

なにかあったときにはすぐ出てくるだろう。今のところ、魔物たちの協力の必要性は感じない。

俺は貧民街の奥深くまでどんどん進んでいく。

盗品らしきものを売っていたり、それを盗む者がいたり、さらにその者から強奪する人が出たり、めちゃくちゃな光景が繰り広げられていた。なんだこれ。

これならまだ街の外のほうが治安はいいように感じられるが、魔物と戦えない者にとってはそうではないのだろう。

次第に人々の柄も悪くなっていく。仮に襲われたとしても、今の俺たちならば、だいたいの相手を倒すことができよう。しかし、そういった単純な強さの問題ではなく、人の嫌なところが露出しているというか、とにかく不快な場所である。

そのうち、依頼人は裏路地のほうへと入っていってしまう。そこからのルートは、あらかじめ伝えられていたため、俺は一人でも目的地に行き着くことができる。

いざとなれば魔物たちを解放すれば、だいたいの荒事はなんとかなるが、違法行為である以上、できるだけそれは避けたい。もっとも、目撃者さえいなければいいし、なによりここには国の監視が行き届いていないので、後々罪に問われることもなかろうが。

とはいえ、そもそもそうした荒事には慣れていないので、穏便に済ませたいものである。

金に釣られて引き受けちゃったけど、やっぱり失敗だったかなあ。

思わずぼやきかけたが、そのときにはすでに目的地に着いてしまっていた。

こうなっては、やるしかない。

向こうに見えるたむろしている男たちに鑑定スキルを使用。

レベル5以下の奴が五人。これならば、俺一人だってなんとかなるだろう。

正直、奇襲をかけてしまいたいくらいなのだが、俺に依頼されたのは討伐ではなく、この地の奪還である。

もう少し考えればよかった、と改めて思いつつも、彼らの前に歩み出た。

「あなたがたはここを不当に占拠しているとのこと。立ち退いてもらえませんかね」

いきなりそう告げると、男たちは顔を見合わせて、げらげらと笑い始めた。

「嫌だね、どうしてお前に従わなきゃなんねえんだ？」

「では、強制的に追い出すことになりますが」

「へえ、お前一人でか？　それとも、そこの嬢ちゃんが代わりに戦うってか？　それとも御自慢の魔物も合わせて五人がかり？」

男の舐るような視線に、ライムは怯え、俺の後ろに隠れてしまった。

無論、俺は彼女に戦わせる気はない。それに、魔物たちを戦わせるわけにもいかない。ここは街の中だ。

俺は早くここを出たいこともあって、相手の挑発に乗ってやる。

「俺一人だ。お前たちなんぞ、それで十分だろう」

「はっ！　いいぜ、やってやろうじゃねえか。公証人を呼べ！」

男の仲間が走っていく。

この世界での公証人は、前の世界でのそれより遥かに重要性が高い。単なる証言ではなく、スキルにより真実のみを告げていることを証明できるからだ。

相手の連れてきた者だろうと、これにより、ある程度俺が行った行為の保証もされる。そういう仕事なのだ。

「大丈夫さ。なんとかなるって」

俺は心配そうにしているライムに笑いかけ、それからケージの中の魔物たちを撫でた。彼らが頼りなのだ。

しばし待っていると、公証人を連れて男が戻ってきた。

鑑定スキルを使用すると、「真実の証明」というスキルがあった。どうやら、これは周りの人間に、自分の言動の真偽を見抜かせる、というものらしい。一見、役には立たなそうなスキルだが、証人としては非常に有力なものになる。

「よし、じゃあ決闘を始めるぞ。武器は禁止でお互いに人数は五人まで。俺たちが勝てば、お前の財産をすべて貰う。お前が勝てば、俺たちはここから出ていこう」

「異論はない」

「公証人！　条件の確認を！」

彼が条件を繰り返す。五対五。そして戦利品について。

「ここは街中なので、くれぐれも武器は使用しないでください」

「わかってます」

武器の類(たぐい)は、常に鞘(さや)に納めていなければならないことになっている。

俺はライムにケージを渡し、軽く運動を済ませる。

「これより決闘を始めます！　五人、前へ！」

俺が前に出ると、先の男がたった一人で前に出てくる。そして彼が口笛を吹くと、ほかの建物から四人の男たちが現れた。

俺は素早く鑑定をするが、中には一度見たステータスがあった。

《レヴィン　Lv10》
ATK14　DEF20　MAT12　MDF18　AGI16

あのときに絡んできた酔っ払いの傭兵だ。

ここですべての謎は氷解(ひょうかい)した。あんなに高額の依頼金を出せた理由、そして貧民街という場所を選んだわけ。すべて仕組まれていたのだ。

してやられた、と言ってもいいだろう。俺が失敗すればギルドに手数料を払うだけで、依頼金は支払わずに済む。

俺が頼るべき相手がいないこと、そして魔物使いであるということを知っていて、このような条件を出したのだ。五対五、という条件はなんら不利なものではない。形だけは、決闘のものになっているのだ。

「あいつらがいることを説明していなかったが、いいのか」

「俺はなにも嘘なんかついちゃいないぜ。俺たちと言ったし、ちゃんと俺は参加している。お前が気づかなかったのが間抜けだっただけさ」

にやにやと笑いながら、貧民の男が言う。

しかし、今更引き下がるわけにはいかない。決闘はもう始まってしまうのだから。

五人が俺を眺めてくる。奴らのレベルは左から10、8、5、7、8。貧民の男は相手にもならないが、それでも俺より体格がいい傭兵が四人もいるのだから、普通なら勝ち目はない。

しかし――

《シン・カミヤ　Lv10》

ATK22　DEF27　MAT17　MDF20　AGI22

【スキル】

「大陸公用語」「鑑定」「主従契約Lv３」「魔物合成」「小型化」「ステータス還元Lv１」

「成長率上昇Lv１」「バンザイアタック」「スキル還元」「スキル継承Lv１」

「炎魔法Lv１」「エナジードレインLv１」


このステータスが、俺を落ち着かせてくれる。これは俺だけの力ではない。今はケージの中にいる魔物たちや、ライムのおかげで、こんなにも高くなっているのだ。

だからこそ、俺は勝たねばならない。

俺は習い始めて数週間でやめた武術の構えを取る。なにもしてこなかった者よりは、まだ様になっているだろう。

奴らはすっかり油断しきっている。剣さえ持たなければ、たった一人の俺が勝つ手段などないと踏んでいるに違いない。

だが、刃物が使えないというのは、むしろ俺にとって有利に働くはずだ。それに奴らは一つ、見落としていることがあった。俺に勝つためにつけねばならない条件が、まだあったのだ。

大きく息を吸う。相手を前にしても、俺は冷静でいられた。いかに数が多くとも、個々はたいしたことがない。

かつてブラックベアーに感じた恐怖。レイスに対して抱いた震え。そんなものが、ますます俺を強くしているのだ。

「始め！」

公証人の合図とともに、俺は地を蹴った。

◇

囲まれないよう慎重に、しかしできるだけ素早く奴らとの距離を詰める。

狙いは右端の大柄な奴だ。一瞬でも一対一に持ち込めば、たいして傷を負わずに打ち倒せる可能性がある。

しかし、その隣にいた小柄な男が動き出す。幸いにも、真ん中にいた貧民の男は集団戦には慣れておらず、ほかの傭兵が移動する邪魔になっていたため、二対一に持ち込めた。

俺は素早く踏み込み、男の顎目がけて掌底を放つ。溜めがない分、威力は劣るが、これなら動きも読まれにくいはずだ。

当たれば儲けもの、程度に考えていたのだが、俺の動きが予想以上だったのだろう、見事に命中する。

そのままの体勢の俺目がけて、小柄な男が横から蹴りを放ってきた。

側頭部目がけて放たれた蹴りを見ることなく、俺はしゃがみ込む。

予想通り、相手の蹴りは空を切った。避けられると思っていなかったのだろう。なにしろ、俺は一度たりとも、自分の目を使って確かめることはしていないのだから。

なぜそんな動きができていたかといえば、奴の背後でこちらを見守るライムたちと感覚を共有することにより、俺は死角を補うことに成功していたからだ。

回避すると俺はすかさず、先ほどの攻撃でふらつく相手に対して、肩を打ちつけるように体当たりをくらわせる。

勢いよく当たるも、相手のほうが体は大きく、突き飛ばすことはできなかった。

しかし、男は膝をつかずにはいられない。

俺はさらに身を乗り出すようにして、一歩を踏み出す。そして同時に蹴りを放った。

大柄な男の陰から突如現れた俺に、貧民の男は対処ができなかった。彼の技術が低かったというのもあるが、俺は共感覚を利用することにより自分の目で視認してから行動するまでの時間を短縮していたため、達人でもなければ反応が追いつくはずはない。奴からすれば、いきなりなにもないところから蹴りが放たれたように感じるはずだから。

二人目を打ち倒し、俺は素早く下がる。

「馬鹿が！　なにしてやがる！」

レヴィンが叫ぶと、三人の男が距離を保ちながら、取り囲むようにゆっくりと移動。

できれば一対一で相手をしたかったのだが、そうも言っていられないらしい。

俺は移動しつつ、さり気なく、地べたに転がっている男を蹴り飛ばす。万が一、途中で起きてきたら対処できないからだ。

そして息を整えている間に、敵がじりじりと距離を詰めてくる。

もう少し、時間が欲しかったのだが仕方がない。

奴らの虚(きょ)を突き、こちらから一気に飛び込む。相手は最も小柄な男だ。レベルもステータスも低く、一番やりやすいと踏んだのだ。

奴は一瞬慌てたようだが、さすがに傭兵をやっているだけあって、素早く俺を迎え撃つ体勢になる。

俺は全力で殴りかかるも、直後、腹に鈍い痛みを覚えた。拳が腹にめり込んでいる。

「くっ……!」

どうやら、奴のほうが体術に関しては上だったらしい。

鍛えていなければ、今頃胃の中のものをすべて吐き出して、這(は)いつくばっていただろう。しかし、俺は耐えた。相手の首に腕を回し、そのままこちらへと近づける。

思いもよらぬ行動に、相手は踏ん張ることができず、俺と相手の体が触れた。

――瞬間、奴は脱力する。こちらにはエナジードレインがあるのだ。

とどめとばかりに膝蹴りを叩き込むも、俺は背部(はいぶ)からの衝撃に仰け反った。

「ガキが、調子に乗るんじゃねえ!」

立て続けにもう一度殴られ、俺は思い切り倒れ込む。地面には数多の小石や酒瓶の破片が転がっており、擦り切れたようで、焼けるような痛みが襲ってきた。しかし、そんなことを気にする暇すらなく、俺は次に来た攻撃に耐える。

レヴィンはどうやら相当、俺に対しての逆恨みが激しかったらしい。

俺をぶん殴り、蹴りながら、愉悦に浸っている。

「お前みたいな奴が！　英雄きどってるんじゃねえ！」

口の中が切れて、血の味がする。

レヴィンは俺を殴りつつ、かなり興奮していた。自身が激しく息を切らしているのにも、気づいていないようだ。

「お前、そいつを持ち上げろ！」

命令に従って、もう一人の傭兵が、俺を羽交い締めにする。

強く締め上げられると、俺はもう動けなくなる。ステータスの差があっても、体格の差はやはり大きい。

「大人しくしてりゃよかったのによ！　そしたらこんなに痛い思いもしなくて済んだだろうが！」

伝わる衝撃に、俺は思わず声を漏らした。

顔はもうすっかり腫れ上がって、視界は狭くなっている。全身は痛むし、なんで俺はこんなことをやっているんだろうとまで考えてしまう。こんな面倒事になんて、首を突っ込むはずじゃなかったのに。

「心配するな、てめえがくたばっても、あいつは俺が可愛がってやるからよお」

下卑(げび)た声が聞こえた。

そのために、こんなことをしたのか？　まさか人ではなく魔物だと知っていたから、財産扱いになると踏んだのか？

俺は顔を上げ、奴を睨みつける。

理由なんてどうでもいい。ただ、結果さえあればいいのだ。俺はこいつをぶちのめす。

今、そう決めた。ふつふつと怒りが込み上げてくる。どうしようもない激情が、俺を突き動かす。

無造作(むぞうさ)に体を動かすと、それだけで俺を羽交い締めにしていた男の体が傾(かし)ぎ、倒れていった。

「なっ……！　てめえ、なにをした！」

「まだ気づいていないのか？　どんだけのろまなんだよ」

俺は奴に歩み寄る。

レヴィンはすかさず殴りかかってきたが、遅い。力がこもっていなかった。

すでに何度も、奴は俺を殴っている。接触していたのは僅かな時間ではあるが、先ほどからエナジードレインの効果が蓄積(ちくせき)していれば、相当なものになる。

俺は僅かに体を傾けて回避すると、敵の腹目がけて膝蹴りを叩き込む。腹から折れ曲がるように、奴の頭が下がっていく。

すかさず足を払うと、レヴィンは地に倒れ込んだ。そしてなんとか立ち上がろうとするが、もはやその力も残っていないようだった。

顔面を蹴り飛ばすと、男の鼻から血がどっと噴き出した。

俺は何度も奴を蹴り続ける。

「がっ……ま、待ってくれ！　降参する！」

「おい、公証人！　勝利の条件は？」

「設定されておりません」

「だ、そうだ。お前たちがこうする予定だったんだろう？　俺は勝利を認めていない。意識がある以上、客観的な勝利も認められない。さあ、早めに気絶できることを願うんだな」

顔を絶望に染める男に、俺は嗜虐的な笑みを浮かべた。

今の俺の顔はひどく醜いことになっているだろう。腫れ上がっているし、きっとろくなもんじゃない。

いつまで続くだろうかと思っていたのだが、数度痛めつけると、男は気絶したようだった。

「公証人、俺の勝ちだ」

「あなたの勝利でございます」

彼が宣言すると、ライムが駆け寄ってくる。そしてケージからケダマを取り出して、俺の顔についた血を拭いながら、心配そうに眺める。小型化さえしていれば、一時的にケージから取り出すことは認められているため、この行為に問題はない。あと、洗ったばかりなので衛生的にも問題はない。

　ケダマは、俺の血や泥でぐちゃぐちゃになりつつも、嬉しげに鳴いた。

「この程度、なんともないよ。どうだ、俺は宣言通り勝ったぞ」

　ライムは微笑み、俺に抱きついた。

　触れられると体中が痛い。けれど、それ以上に嬉しい。

「おい、依頼主。さっきからこそこそと見てないで、出てこいよ」

　俺に言われると、男は怯えたように姿を現した。ダークウルフの嗅覚がある以上、屋外では多少離れたところに隠れたって無意味なのだ。

「で、俺の勝ちだ。報酬はすべて貰っていいんだよな？」

「は、はい……」

「じゃあギルドに行くぞ。こんなところに長居なんぞしていられるか」

　俺がそうして話していると、ライムが男たちのところへとぱたぱたと駆けていく。そして介抱する——かと思いきや、エナジードレインを使っていた。

　どうやら、俺が殴られたことにかなり腹を立てていたらしい。

　男の顔から生気が奪われていく。まあ、奴らがどうなろうと知ったことではない。表向き、彼女は邪魔な男たちを路傍に並べて寝かせただけだ。

　それから俺たちはギルドに戻った。

職員は、やけにおびえた様子の依頼主と、すっかり変形した俺の顔を見て怪訝そうな顔をしたが、しっかりと報酬を支払ってくれた。

これで当面は、何事もなくのんびりと暮らせるはずだ。

俺はずっしりと重い袋を仕舞い、歩き出した。

◇

依頼を終えて宿に戻ってきた俺は、椅子に座って台所を眺めていた。

満身創痍の俺にライムがご飯を作ってくれるらしく、台所に立っている。

しかし、俺が覗き込むと恥ずかしいのか、はたまた体調を心配してくれているのか、ぐいぐいと背中を押してベッドにまで戻されてしまうというやり取りが先ほどあった。

そんなことを何度か繰り返した結果、折衷案として、ちょっと離れたところに座ってただ眺めることになったのだ。

なんというか、初めて料理する娘を眺める親の気持ちが近いのかもしれない。

ライムはとりあえず取り出した食材を前にして、仁王立ちしていた。やるとは言ってみたものの、実際よくわかっていないんだろう。

やっぱりとめたほうがいいかなあ。でもこういうのって、一つの経験だよな。危なっかしいことを乗り越えて、身につけていくものだから。もちろん、包丁とか本当に危ないところは教えないといけないけれど。

といっても、俺もこちらの食材はよくわかっていない。女将さんにちょっと聞いてみたところ、毒があるようなものはないから、どうやって食べても死にはしないとのことだったが、あまりにもまずいものは食べる気がしない。

そうしていると、ライムが決心したように、オレンジ色が眩しい根菜を手に取った。そして桶に汲んだ水を使って、洗い始める。

しかし、なかなかうまくできないのか、汚れは落ちない。

彼女はしばし悩んだ後——ケダマをがしっと掴んだ。

のほほん、としたケダマの表情は、いつまでも続きはしなかった。

ライムはケダマをたわし代わりにして、ごしごしと野菜を洗っていく。しばらくすると、どうやら綺麗になったようだ。うん、俺も泥がついた料理は食べたくないからね。

すべて洗い終えると、ケダマはぽいっと投げられ、解放される。奴はてくてく、と数歩だけライムから距離を取ると、大きくぶるるっと身震いした。俺のほうまで水飛沫（みずしぶき）が飛んできたが、今はなにも言うまい。

それからライムはむんず、と包丁を握る。

俺はすかさず彼女のところに行って、後ろから抱きかかえるようにして、その手を取った。

「持ち方は、こう。で、左手を丸めて……」

俺自身、料理に詳しいわけではないが野菜くらいは切ったことがあるし、家庭科の授業で習ったこともある。軽く教えてあげると、ライムは素直に言うことを聞いてくれた。

嫌がる素振りを見せなかったので、しばらく一緒に野菜を切っていたのだが、必要な分が整ったので、俺は先ほどの席に戻ることにした。

すると、どういうわけかライムがじっとこちらを眺めていた。

どうしたのだろう？

しばし眺めていると、彼女は鍋に水を入れて、火をつける。炎魔法を使えばいいだけなので、こちらは楽だ。もっとも、体力的には疲れるのだけれど。

具材をどんどん入れて、それからライムはそこにあった二つの小瓶に目を向ける。

透明な中には、真っ白な粉が詰まっている。おそらく、塩と砂糖だろう。

彼女はしばしじっと眺めていたが、二つを見比べて、片方を手に取った。

……おい！　絶対わからないまま、なんとなくで決めただろう！　俺だって二分の一で外れを引くのは嫌だぞ！

しかし、いいのか？　ここで「それ間違ってるから。こっち」なんて言った暁には、彼女は自信を失ってしまうかもしれない。人間は成功体験がなければ、精神的なストレスを感じるようになってしまうのだ。

俺が我慢すべきなのか？　確かに、危険なものではないが……

そんな逡巡をしていると、彼女が鍋の中を覗き込んだ。瞬間、俺はゴブ、ウルフと目があった。

彼らの瞳はこう言っている。「行け、あとは俺たちがなんとかする」と。

だから俺は迷わず、ライムのところに行った。

「もう少し、煮てから入れよっか」

彼女はこくり、と頷くと、ぐつぐつと泡を吐き出す鍋をじっと見ていた。初めてのときは、なんでも新鮮なものだ。現れては消えるだけの泡だって、千差万別。彼女にとってはすべてが特別なのかもしれない。

そして俺は、こっそり奴らの様子を窺う。ゴブがさっと二つの小瓶を掴み、ウルフに嗅がせる。ぴんと来たらしい。ウルフがさっと片方を示す。ゴブも軽くつまんで口にしてみる。顔を見合わせて、彼らは小瓶をそれぞれ、先ほどライムが置いていたのとは逆の位置に戻した。

ふう。助かった。

あのままだと、とんでもない料理が出来上がるところだった。

ライムは気づいていないらしい。ばれたらきっと、嫌な顔をするだろう。俺はほっと胸を撫で下ろす。

「そろそろ入れようか。味付けだ」

俺が言うと、彼女が小瓶を取ってきて、鍋の中にぶちまける。

……あー。まあいいか。多少しょっぱくても、食べられないことはないだろう。
俺は再び席に戻って、出来上がるのを待つ。ライムはお皿を持ってぱたぱたと動き回る。
そして時間がたつと煮込み料理が完成する。とりあえず、適当に入れて煮ておけば失敗すること
はないだろうと踏んだのだが、間違いではなかったようだ。それに、今の俺は咀嚼するだけでも殴
られた顔が痛むのだ。あんまり硬いものは食べたくない。
ライムは嬉しそうに、皿に盛りつけて、テーブルに持ってきた。そして俺のほうを眺める。食べ
て、ということだろう。
俺は早速、大量の具が入ったよくわからない料理をすくって、口にする。
……まっずうううううう！
なんだこれ、沢山の具から出た絶妙なダシと、あっさりとしつつも強すぎる甘みが混じり合い、
見事に素材の味を台無しにしている！
まさか、俺が知らないだけで、こんな味を出す野菜が入っていたのか？
……いや、違う。俺は選択を誤ったのだ。思い出してみろ、この魔物たちはなんでも旨そうに
食っていた。つまり、そういうことだ。
魔物たちはエネルギーの多いほう——砂糖を選んだのだ！
くそ、してやられた。俺はなんということをしてしまったのだろう。そもそも魔物が俺と同じ感
覚のはずがないのに。

俺は目の前にある鍋を見る。そして俺の反応を待っているライムを見る。

今回、彼女に落ち度はない。まずかったとすれば、それは俺が調味料を替えてしまったせいだ。

それなのに、どうして美味しくないなんて言えようか。

「すごく美味しいよ、ありがとうライム」

「えへー。ふふー」

嬉しそうな彼女の笑顔は、なによりの調味料だ。

俺はさっと平らげて、「お代わり！」と叫んだ。彼女に味を知られてはならない。

◇

ついうっかり、美味しすぎて彼女の分まで食べつくしてしまった俺は、満腹になった腹を抱えながら、椅子に背を預けていた。ああ、気持ち悪い。

ライムはケダマベアーを使って、ごしごしと皿を洗っている。

しかし、あいつスポンジにもたわしにもなるし、便利だなあ。いや、ケダマからすれば、迷惑極（めいわくきわ）まりないんだろうけど。

俺は先ほどのことを思い出す。

ゴブとウルフにちょっとだけ、ライムの料理のうまさを伝えるために与えてみたのだが、すごく困った顔をされた。

奴らの味覚がおかしかったわけではなく、料理ができないため調味料の使い方がわからなかったのだった。少し前まで野生だったから、当然か。

これからは、なにかあれば俺が直接ライムに教えることにしよう。

そう固く決心するのだった。

8

その日、俺は街の外にいた。

付近には多くの傭兵たちが集まっている。そして商人たちが馬車の積荷を確認していた。

今日は隊商の護衛を引き受けたのだ。かなり大規模なもので、二十台ほどの馬車が所狭しと並んでいる。そのため、雇われた傭兵だけで百人を超えるだろう。

俺はしばし、人々の姿を眺める。周りを見れば傭兵たちは仲間同士で談笑しているし、馬車のほうを見れば、商人お抱えの魔物使いが竜を撫でている。

やや暗い緑色の鱗に、短く太い、爬虫類っぽい足。馬を横に二頭並べたほどの大きさがあり、一つの馬車に一体が割り当てられていた。

後ろ脚だけで立つこともできれば、四足で走ることもできるようだ。口には牙が生えているようだが、今は馬車を引くために、綱を咥えている。

《荷運びドラゴン　Lv10》
ATK44　DEF45　MAT8　MDF25　AGI45
【スキル】
「疲労軽減Lv1」

かなりステータスが高い。加えて「疲労軽減」のスキルがあるため、長時間労働など屁でもないのだろう。

品種改良されることでそうなったのか、あるいは元々荷物運びをする習性があったのか、喜んで馬車を引いている。

その性格ゆえ運搬には役に立つだろうが、あまり戦闘には向かなそうだ。できるのかもしれなくても、荷物を引いているほうがきっと好ましいのだろう。

しかし、俺にはほかの人物にはない魔物合成のスキルがある。合成すればドラゴン成分だけ残して、別の魔物にできるかもしれない。

いいなあ、あいつ欲しいなあ。

どこにいけば手に入るんだろう。結構高レベルな魔物がいるところなんだろうなあ。

あとで暇そうなときにでも聞いてみようかな？　ああでも、俺のことを聞かれたらちょっと困るなあ。あの魔物使いの人、ベテランっぽいのに三体しか魔物連れていないし。俺も魔物の数を見られて同じだけの経歴があると見なされると、色々辻褄が合わなくなるから。

それにライムのことも、魔物だとばれてしまうかもしれない。

うん、やっぱりいいや。そのうち、ドラゴンが生息している場所を耳にすることもあるだろう。

そうしているうちに、出発の時間になる。

商人お抱えの傭兵らしき中年の男性が、俺とその他の傭兵たちのところにやってきた。商人たちからも一目置かれているようで、どうやら隊商のリーダーとも長い付き合いのようだ。

「これから出発する。各自、持ち場に着くように」

短く告げられると、傭兵たちはそれぞれ移動し始める。こうしてすぐに切り替えができるあたり、きっと慣れているんだろうなあ。

俺は魔物使いということで、ほかの傭兵たちよりはやや離れたところに配置されている。魔物の嗅覚などを当てにされているのだろう。

長く続く馬車の列の比較的後方を、俺とライムは歩いていく。

ウルフが辺りを警戒するも、街道に魔物が出てくることはあまりない。ときおり魔物が出てきても、たいして強くもないものばかりで、傭兵たちがさっさと倒してしまう。だから俺はほとんどなにもすることがなく、割と楽な仕事であった。

そんな道中だというのに、ウルフはなんだかそわそわして落ち着きがない。

「なにかあるのか？」

尋ねるも、こやつは曖昧に唸るばかり。

まあ、言いたくないことがあるなら別にいいだろう。

それにしても、俺は魔物たちのことをなにも知らないのだなあと実感する。種族について詳しくもなければ、個体について知っていることもほとんどない。

このウルフにしたって、なんであんな場所に一体だけいたのか知らないし、ライムの素性についてはいまだに聞いていない。

とはいえ必要なときが来れば、言ってくれることもあるだろうし、無理に今聞いておかねばならないものでもなかろう。

結局、俺はたった数度魔物を倒しただけで、一日目の目的地である宿場町に到達することができた。

ここからさらに進むと隣の領との境界があるため、俺がこの世界に初めて降り立った領とはお別れになる。わざわざ戻ることもないだろうから、当面は移動後の街で生活することになるはずだ。

新生活は待ち遠しくも、不安でもある。けれどこの頼もしい魔物たちがいれば、なんとかなるような気がしていた。

まだ日が沈む前だったため、持ち回りで警備を行うことになり、残りの者は休憩に入る。酒こそ飲まないものの、傭兵たちは一仕事終えてすっかりリラックスしていた。

一方、俺は先ほど見た商人お抱えの傭兵のところに行く。彼は丁度、休憩しているところだった。

「休憩中、申し訳ありません。付近の見回りに行きたいのですが、よろしいでしょうか？」

「……なにかあったのかね？」

「そういうわけではないのですが。私はこの地には疎いことや、万が一のときを考えると、街の近くにいる魔物は駆除しておいたほうがよいかと思いまして」

そういうと、彼はふっと表情を和らげた。

「君のような若者は、意欲が旺盛でいいね。構わないよ、見回りを頼むとしよう」

「ありがとうございます」

俺のような傭兵は、そうそういるものではないのかもしれない。やはり、傭兵たちは自分の役割以外は、まったく働こうとはしないらしい。熱心にやろうが、必要最小限だけをこなそうが、どうせ貰える給料は一緒なのだから当然だろう。

しかし俺は、先ほど言ったのとは別の理由もあったからこそ見回りを志願したのだ。

というのは、魔物を捕まえて合成することができる俺にとって、魔物を見つけること自体が目的となり得るからである。より強い魔物を見つけ、合成していく。それこそ、俺がこの世界で力をつけていく唯一の手段にほかならない。

俺たちは賑やかな宿場町の様子を眺めながら、街の外に赴く。

「……ライム、大丈夫？　残って休んでてもいいけれど」

彼女はぶんぶんと首を振って、俺の腕を取った。一緒に行きたいらしい。

「ありがとう。頼りにしているよ」

「えへへ」

嬉しそうな笑顔が眩しい。

彼女は戦力として頼りになる。というか、俺よりも多分よほど強い。

けれど、なにかあったとき、やはり俺がなんとかできるようにならねば、とも思うのだ。といっても、結局俺が力をつけるためには、彼女たちに強くなってもらわねばならないのだけど。

ウルフに警戒させつつ、俺たちは森の中を進んでいく。さすがに街のすぐ近くには魔物はいなかったが、やがてゴブリンやコボルトが増えてくる。

向こうから駆けてくるコボルトの群れを見つけると、俺たちは飛び込んだ。

「ケダマ、弾き飛ばせ！」

真っ先にケダマが突っ込むと、コボルトどもはてんでバラバラに、統率を失って乱れ始めた。

ゴブは調子に乗りつつ敵を仕留め、ウルフが逃げようとするコボルトに食らいつく。俺とライムは炎魔法により援護。

数秒とたたずに、コボルトどもは沈黙した。

しかし、なぜ奴らは慌てふためいて駆けてきていたのだろう。

そんな俺の疑問はすぐに氷解する。木々の向こうから、静かな足音がいくつも近づいてきていたのだ。

最小限の、草木の擦れる音だけが響く。

俺は素早く視線を巡(めぐ)らせ、辛うじて敵の一部分を捉えた。

《ダークウルフ　Lv6》
ATK24　DEF14　MAT10　MDF10　AGI25

どうやら、うちのウルフが奇妙な素振りを見せていたのは、同種族がいることが理由だったらしい。しかし、戦うことに躊躇(ちゅうちょ)があるわけではなく、むしろその逆のようだった。

ウルフは俺が指示を出すよりも早く動き出し、こちら目がけて飛び出してきた先頭の一体目がけて食らいついた。

勢いよく空中に飛び出した野生のダークウルフは、側方からの攻撃を避けることはできず、そのままもつれ合いながら転がっていく。

それを見届けながら、俺はゴブを走らせる。敵のほうではなく、俺からも敵からも離れたところへ。

そして俺とライムはケダマの陰に隠れ、敵の襲来を待つ。ケダマの巨体で敵は見えないが、ゴブの視界が代わりになってくれる。

いよいよ、後続の魔物が現れた。

速さ自慢の狼に対して、追いかけ続けるのは得策ではない。

俺はライムに合図を出すと、ともに炎魔法を使用し、思い切り振りかぶって上方へと投げる。ケダマの陰から突如現れた火球に、ダークウルフどもは反応できなかった。

炎は狙い通り、ダークウルフの群れに命中。体表が燃え上がり、奴らは火を消すべく地を転がる。

そうして勢いを削ぐことはできたものの、これで撃退することは叶わなかった。

さらにその瞬間、奴らの最後尾から巨大な狼が飛び出した。

俺の前に現れたのは、ダークウルフより二回りは大きく、人さえも乗せられるサイズの狼だ。色は黒よりもやや灰色に近く、額に星形の紋様（もんよう）がある。

《アストラルウルフ　Lv14》

ATK50　DEF28　MAT18　MDF22　AGI49

【スキル】

「下位従属Lv1」

こいつのスキル「下位従属」により、ほかのダークウルフが従えられていたのだろう。

ステータスが高く、防御が低いウルフが攻撃を食らえば一たまりもないだろうし、俺もかなりやばい。

ケダマとライムならなんとかなるかもしれないが、敏捷性が高くないため、攻撃を食らう一方になってしまうだろう。しかし、誰かが必ず相手をしなければならない。

俺は敵に掻き乱される前に仕留めるべく、アストラルウルフ目がけて炎を投げつける。ライムとともに敵を狙い撃ちにするが、なかなか当たらない。

その隙に、ウルフとゴブに攻め込ませようと思ったのだが——

ウルフは巨大な狼を前にして、萎縮していた。奴の感情が俺に伝わってくる。後悔と不安、そしてそれらに押し潰されてしまいそうな闘争心。

どうやらかつて、あの巨大なアストラルウルフによって、ウルフはリーダーとしての立場を奪われ、追いやられたようだ。それゆえに、たった一体であの森にいたのだろう。

そんな記憶があれば、怯むのも無理はない。けれど、今はこの場を乗り切らなければならない。敵を前にして、あらゆる事情が考慮されることなどないのだから。

一瞬、一つのスキルの使用が頭をよぎる。しかし、俺はその考えを振り払った。もう、俺は逃げたくない。

俺は素早くケダマの側面に張りついた。全力で毛を掴み、しがみつく。

「ケダマ、突っ込め！」

ケダマが動き始める。転がりながらも地を蹴って、さらに加速していく。

俺はこのすさまじい回転運動にも慣れつつあった。自分の回る視界を放棄し、ケダマとゴブの視界を利用することで、敵の動きを捉えていく。

魔物が俺たちに向かってくると、先ほどまで震えていたウルフが動き出した。そして横からの一撃をお見舞いする。どうやら、アストラルウルフではなくただのダークウルフ相手ならなんとかなるようだ。

そしてゴブとライムが作る道の中、俺とケダマがアストラルウルフに向かっていく。

奴が駆け出し、真っ直ぐこちらに向かってくる。

逃げるという考えはないようだ。俺たちなど格下と見られているのかもしれない。あるいは数多の配下に見られているため、リーダーとしていかなる敵だろうと真っ向から打ち倒さんとしなければならないのか。

いずれにせよ、奴は倒さねばならない。俺もこの魔物たちを率いている者として、たまにはかっこいいところを見せねばならないのだ。

アストラルウルフとの距離が近づいていく。そして奴が牙をむいた瞬間、ケダマは地面を蹴り、大きく跳躍した。

ケダマの体が宙に浮かぶ。跳んだ先は、アストラルウルフのいるところではなく、その頭上だ。

大きな円形の影が、敵に落ちる。

俺は浮遊感とともに手を離すと、今度はすさまじい勢いで地に向かって飛んでいく。その先には、アストラルウルフの背。

ほんの僅かでもタイミングがずれていれば、ただ敵の近くの地面に叩きつけられていただろう。

しかし、俺は成功した。だからこのまま乗り移ることができるはず――

「ぐえっ！」

そう思っていたのだが、受け身に失敗して、アストラルウルフへと思い切り叩きつけられた。

きっと明日、俺の体には大きな痣(あざ)ができていることだろう。

だが、しっかりと毛を掴んで張りつくことができた。

俺はこの一瞬を無駄にはすまいと、エナジードレインを発動する。瞬間、アストラルウルフが嫌がって暴れ始めた。

放すものかとしがみつくも、体格や膂力(りょりょく)の差は大きい。あっさりと振り落とされ、俺は地を転がる。

見上げたときには、こちらを睨みつけているアストラルウルフの姿。多少は疲弊しているようだが、行動不能には程遠い。

俺は僅かでも時間を稼ぐべく、地に伏せたまま、比較的体力を消耗しない「主従契約」を発動させた。

魔法陣が俺の前に浮かび上がり、アストラルウルフへと向かっていく。そしてまったく抵抗する素振りを見せない奴に絡みついた瞬間、甲高い音とともに魔法陣が砕け散った。

「な……!」

このエフェクトは、敵が拒否したのではなく、スキルが条件を満たしていなかったときのものだ。

レベルなどの条件は満たしているはず。それ以外に、まだなにかあったのか?

しかし、そんなことを考えている余裕はなかった。このスキルがなんの足止めにもならなかったため、アストラルウルフは俺目がけて飛び込まんとしていたのである。

——やばい。

そう思ったとき、横から黒い影が飛び込んできた。

その黒い影、ウルフは俺の前にしかと立ち、唸りながら奴を睨みつけていた。何者も恐れぬ勇敢さが、そこにあった。

両者は睨み合い、膠着(こうちゃく)した状態が続く。

その間にライムたちが駆け寄ってきて、俺は立ち上がり、敵が率いていたダークウルフも冷静さを取り戻していく。

やがてアストラルウルフは奴らを引き連れて去っていった。これ以上の争いは無益(むえき)だと判断したのかもしれない。

そして辺りには、負傷して動けないダークウルフたちが残された。

それらを眺めていると、ライムが痛む俺の体をさすってくれる。つるつるしてなんだか心地よい。

そんな彼女の頭を軽く撫でてから、行動を始める。

俺は片っ端から主従契約のスキルを使っていく。すでに死したものや、拒絶したものもいるため、たくさんのダークウルフの中から、四体の足元にだけ、魔法陣が浮かび上がった。

俺の主従契約のスキルレベルでは四体までしか連れて歩けない以上は、ここで合成して新しい魔物を作るか、すでにいる魔物をベースに経験値を上げるかのどちらかになる。

もちろん、どちらにするかなどわかりきっていた。

「よし、ウルフ。合成だ」

俺が言うと、ウルフはやや不安そうに鳴く。

「お前も強くなって、あいつを見返してやるぞ」

そう告げるなり、ウルフはシャキッとして、魔法陣の中に入っていった。四つの魔法陣が一つに重なる。

そして眩い光が消えると、そこには大きな狼の姿があった。

《アストラルウルフ　Lv1》
ATK27　DEF14　MAT10　MDF12　AGI26

ステータスは軒並み三割ほど下がっている。初期ステータスが高くなったとはいえ、ここまでレベル９にもなっていたため、数値が下がるのも仕方がない。

しかし、体格が大きくなったことを考慮に入れれば、そこまで能力が落ちるということもないだろう。

レベルを上げていけば、これまでよりも強くなれるのだ。そう考えれば、そこまで悪い選択ではないはずだ。

……とはいえ、再びあいつに遭ったときのことを考えると、このステータスでは少々心許(こころもと)ない。

とりあえずできることをやるとして、それからどうするかを考えよう。まずは、ひたすらウルフのレベルを上げることに専念する。まだ低レベルのうちは、比較的上がりやすいだろうから、なんとかなるだろう。

俺よりも低いくらいなのだから。

「よし、じゃあ続きといこうか」

俺はそうして、探索を再び開始するのだった。

◇

そうして探索を終えて帰ってきたときには、すでに俺の休憩時間も終わろうとしていた。予想以上に魔物が多く、つい狩り続けてしまったのだ。おかげでウルフのレベルは3まで上がった。
どうやら俺たちの中で経験値はある程度共有されているらしく、他人と組むよりはずっとレベルは上げやすい。

とはいえ、戦っていない魔物には少ししか経験値が入らない仕組みになっているのだが、捕獲した魔物を経験値として割り当てれば、パワーレベリングが可能になる。要するに、強い魔物でレベルの高い魔物を捕まえ、経験値として弱い魔物に割り当てると、本来ならば倒せないような相手の経験値がどっと入ってくるらしく、簡単に上がったのだ。

これは魔物合成のスキルを持つ俺だけの特権だろう。

それにしても、こと魔物の育成に関しては、俺は恵まれているよなあ。本体の初期ステータスは本当に低いんだけれど。

たぶん、魔物たちがいなくなったら、俺は傭兵などやっていられないだろう。頼りのスキルは全滅、ステータスは大幅ダウン。おそらく野生のダークウルフに遭遇した瞬間に敗北するはずだ。

実際、ステータス還元とスキル還元があるというのに、アストラルウルフに全然対抗できていなかったしな。俺ができるのは所詮、時間稼ぎにすぎない。

けれど、そういうものなんだろう。むしろ魔物たちを御する術(すべ)を磨くべきだ。

おそらく、魔物たちの意思を感じることと魔物たちに意思を伝えることが、魔物使いの役割だろう。いわば司令塔(しれいとう)となるべきなのだ。

しかし、俺はこうしたスキルがあるからまだ戦えているが、ほかの魔物使いはどうなんだろうか。

ステータスが低ければ、まともに戦うことなどできやしないだろう。

だから魔物使いは大変だと、始めの村の長老が言っていたのかもしれない。

ま、俺には関係ないことだけれど。だって、魔法系スキルがあるから魔術師とやってることはあまり変わらない。たまに前線に出るくらいでいいはずだ。

……しかし思い返せば、よく前に出ている気がする。邪魔にならないよう、もう少し自重しよう。

そんなことを考えながら、街を進んでいく。宿場町ということで、収入源はほとんどがこうした旅人たちの宿代らしい。傭兵たちは結構、金遣いが荒いようだから、いい客なのかもしれない。

ここは小さな街だから、人を見つけるのは難しくない。

馬車の近くに行けば、先ほど許可をくれた男性を見つけることができた。

「おや、もう見回りは終わったのかい？」

「ええ。かなり魔物が増えていたようでした」

「具体的には？」

「ダークウルフが百体ほど、それからコボルトやゴブリンなどの類が数十。片っ端から倒してきましたが、討ち漏らしてしまったものもいます」

「随分と多いな。ちょっと俄かには信じられない。して、逃した魔物というのは？」

「アストラルウルフ、なるものがいました」

その言葉を聞くなり、男性は顔をしかめた。どうやら、知っていたようだ。

「……なるほど。ところで、君が連れているその魔物。そいつもアストラルウルフだろう？　捕まえてきたのかい？」

「いいえ、先ほど申したとおり、逃してしまったので……」

「ということは、進化したのか。いやはや、その才能には脱帽するよ」

魔物は長く連れているうちに、進化することがあるらしい。戦いを繰り返す、同族を倒し続ける、特別な食材を食わせ続ける……など、いろいろな条件が知られている。

とはいえ、ほとんど明らかになっておらず、進化した魔物の主もどうして進化したのかわかっていないそうだ。

それだけでなく、魔物使いの主従契約でレベルがリセットされることは滅多にないらしい。それゆえに、強い魔物を見つけるたびに乗り換えていく、というのが一般的なようだ。

ずっと連れていてもいつ進化するかもわからないし、そこらにいる魔物の強さをそのまま引き継げるのだから、そのほうが楽なんだろう。

本当は俺が連れている魔物たちは進化したものではないが、そのことを伝えれば面倒なことになりそうなので、曖昧に頷いておいた。

男性はそれからもしばらく考え込んでいた。

「なにかあったのですか？」

「最近、アストラルウルフに襲われる事件が多くあってね。しかも、魔物たちが興味を持つはずがない金品の類まで奪われることがあるというから、少し気になるんだ」

人間社会でしか意味を持たないものは少なくない。証券だとか、芸術品だとか。

そんなものを魔物が欲しがるだろうか。

「ああ、いや、気にしないでくれ、ありがとう。君のおかげで情報が増えた。このことはリーダーにも伝えておくよ。君の休憩時間を少し増やしておこう。休むといい」

そう言って、男は商人たちのところに向かっていった。

そんなわけで暇になった俺たちは、しばし街を観光することにする。といっても、なにも見るところなんてないんだけれど。

とりあえず、早めの夕食を取ることにした。

今日は傭兵たちで溢れ返っているため、宿の軒下にまで椅子やテーブルがはみ出している。俺もライムたちと一緒に、端っこの席に着く。

早速注文すると、まずは果実のジュースがやってきた。お酒は飲まないし、たぶんこっちのほうがライムも喜ぶだろう。植物の茎を乾燥させて作ったストローに口をつけると、彼女は笑顔になる。

そんな様子を、小型化したケダマたちはテーブルの上でじっと眺めていた。どうやら、欲しいようだ。

俺は小皿を一つ頼んで、そこにちょっと分けてやる。小型化していると分け前が非常に少なくて済むので楽だ。というか、多分小型化のスキルがなければ、俺の財力でこいつらを養うことはできない。特にケダマなんか、よく食べるのだ。

しかも、ウルフまで大きくなったから、小型化していても結構食費がかかるかもしれない。もっと稼ぎのいい仕事を考えないとなあ。

そうしていると、飯とともに大皿に載った肉料理がやってきた。骨付きの肉をぐつぐつと煮込んだものらしく、ほっかほかの湯気が立っている。赤色のソースはなんだろうか。

俺は早速ナイフで切り分けていく。あんまり肉質は柔らかくない。煮込んだから解れやすくなっているとはいえ、おそらく脂肪分が少ないのだろう、結構な手ごたえがある。

ライムには一口大に切ってやるが、ケダマたちには塊を三つやっておしまいだ。魔物なんだから多分、牙で食い千切れるだろう。

そういえば、ライムの歯ってどうなってるんだろう？　そもそも消化器とかあるのか？

そう思ってまじまじと眺めていると、ライムは肉にフォークを刺して、美味しそうに頬張る。どうやら、口内である程度押し潰した後はそのまま呑み込んでいるようだ。

スライムの消化機能は体の内側に押しやられており、表面は乾燥に強いものになっているのかもしれない。といっても、なんにせよどちらもスライムの肌だし、喉の奥に手を突っ込んだわけではないのでよくわからないけれど。

「どう？　美味しい？」

ライムはうんうん、と頷く。

それを見てから、俺は自身の食事を進める。

ソースによって臭(くさ)みは消えているが、元々かなり野性味が強い肉らしい。悪くはないが、値段相応といったところだ。

そうして夕食を堪能していると、隣から「くまくま」と鳴く声が聞こえたのでそちらを見れば、食事を終えた魔物たちが寛(くつろ)いでいた。

ケダマの顔は真っ赤に染まっているし、ゴブの手はべたべた。辛うじて、ウルフは鼻先にソースがくっついているだけだが、テーブル自体にソースが飛び散って、かなり汚してしまっていた。

……料理の食べ方とかテーブルマナーとか、そういうの教え込んだほうがいいんだろうか？

そんなことを思いながら、俺は布巾(ふきん)で奴らを綺麗に拭う羽目(はめ)になった。

9

夜、俺は横になっていた。

先ほど持ち回りの警備が何事もなく終わって、休憩時間になったのだ。

早速寝ようと思ったものの、なかなか寝つけない。というのも、宿などという立派なものは与えられず、大きな会館の一部を割り当てられているだけだからだ。

ボロ小屋で寝たこともあるし、野宿したことだってたくさんある。だからこの場所自体に文句はない。

しかし、数多の傭兵たちがすぐ近くでいびきをかいていたり、武器を磨いていたりするのだ。さすがに寝首をかかれることはないだろうが、落ち着かないのもまた事実である。

ライムは俺のすぐ近くで、ケダマを抱きかかえながら寝ている。たぶん、床に布を引いただけでは、硬くて寝心地が悪いからだろう。

俺は慣れてきていたので、小型化のスキルでのサイズ調節も僅かながらできるようになっていた。よって、ケダマはベッドにこそならないものの、抱き枕くらいにはなっている。

ゴブはウルフと一緒に、ケダマの中に入って寝ている。たぶんそれ、ライムが寝返り打ったら潰されるぞ。

俺はそんな魔物たちの姿を眺めながら、ふと昼間のことを思い出していた。あのアストラルウルフのことだ。

まず、主従契約が効かなかったということ。そして最近頻発しているという、金目のものが奪われる事件。

もし、この二つが関係しているのだとすれば、一つの推論がなされる。つまり――

その瞬間、俺の思考と闇夜を劈く、銅鑼の音が響き渡った。俺は素早く近くにある剣を佩き、飛び起きた魔物たちと外に出る。

まだ傭兵たちの間に情報は伝達されていないらしく、慌てふためいている様子が見える。

と、俺の傍でウルフが唸りを上げる。

「……あいつか？」

俺の問いに、大きくなった狼は苛烈な闘志で応える。

そして嗅覚を頼りに場所を突き止め、俺たちを先導する。俺は先ほどまで護衛をしていたため、馬車の位置はすべて頭に叩き込んでいた。そして傭兵たちの位置も。

だからこそ、あの商人お抱えの男がやろうとしていたことも、推測がついていた。

敵をおびき寄せるつもりだ。そのために、わざわざ警備の薄いところを作ってある。

しかし、この策の残酷なところは、そこを守る傭兵にはなにひとつ知らせていないということだろう。無論、彼らはそれが仕事であるし、細かいことをすべて伝達する義務もない。そして俺が自ら行く必要性もなかった。

けれど、だからといって引っ込んで寝てもいられない。

俺は魔物たちとともに街の中を駆け、向こうに闇夜に乗じて迫ってくるダークウルフの群れを発見した。

馬防柵を乗り越えて、狼が次々と街の中に侵入しているらしい。しかしその柵も、まったくの無駄というわけでもないようだ。ときおり、飛び越えるのに失敗しているものもいる。

とはいえこのままでは、奴らが街中を蹂躙するのも時間の問題だろう。

対して、傭兵の数は少ない。馬車を守ることすら危うく、まして突っ込んでいくことなんてできやしない。

それでも、彼らは剣を構える。決して、矜持のためなんかじゃない。自らの食い扶持を稼ぐために、彼らは命をかけるのだ。いや、それすらも違っているかもしれない。命が危うくなれば、逃げてしまうだろうから。

俺はライムとともに、炎魔法を使用する。闇夜を照らす、二つの赤き塊が放たれた。

一つは闇に慣れていた者たちの視界を奪いながら先頭のダークウルフに着弾。勢いよく燃え上がる。

もう一つは馬防柵に衝突。木製の馬防柵は一気に燃え広がり、狼の群れを分断した。

敵の攻勢が弱まったところに、さらに炎を撃ち込んでいく。しかし、俺もライムも魔法攻撃力は高くない。それゆえに敵を仕留め切ることができなかったり、飛び火した程度ではそのまま迫ってきたりする。

目標を馬車から俺たちのほうに切り替えたダークウルフが、本来の移動ルートから逸れて向かってきた。

俺も多数の魔物を相手にするわけにもいかない。相手のほうが数は多いのだから、いずれ押し負けてしまうだろう。

スキルの使用で蓄積した疲労感を抱えながら、俺はせっせと足を動かして退却し始める。そして早くも追いついてきたダークウルフは、しかしゴブの一撃で打ちのめされていった。

俺の魔物の中で、一番初期ステータスの低いゴブだが、ウルフが合成によってレベルリセットされた今、一番レベルが高い。そして攻撃力も断トツだ。

さらに追ってくる魔物には、ウルフが対抗する。アストラルウルフになった奴は、そこらのダークウルフには体格で勝っている。相手が怯んだ隙にさっと一噛み。

こうした状況では、突っ込んでいくしか能がないケダマは役に立たない。しかも、転がるならいいのだが、走るとなれば速くはない。

それゆえに、背後を二体の魔物だけで守ることになる。なかなか難しい配置だった。

ときおり援護しつつも、なんとか逃げ切った俺は、馬車の壁に手を突いて息を整える。ここならば、傭兵たちが守ってくれるはずだ。

そう思ったのだが——どうにもだめそうだ。

傭兵たちは及び腰である。

ほかの場所を守っている傭兵たちも、なかなかやってこない。となれば、この手薄な場所は一網打尽にされてしまうだろう。

商人たちは、なにを考えている？

俺が頭を悩ませた瞬間、向こうから巨大な狼が姿を現した。遠目から鑑定スキルで確認する。

《アストラルウルフ　Lv15》
ATK54　DEF25　MAT20　MDF23　AGI56
【スキル】
「下位従属Lv1」

確かに、アストラルウルフだが、さっきの奴じゃない。俺はそう判断する。

全体的にステータスが高いが、レベルが一つ上がったことによる、と考えるのは無理がある。というのも、防御のパラメータが前に遭遇した奴より低いからだ。レベル上昇でステータスが下がることはまずない。

つまり、こいつのほかにもう一体いる！

「取り囲め！」

敵が馬車を守る傭兵たちに襲いかかった瞬間、叫び声が上がった。

商人お抱えの傭兵たちが指揮を執り、アストラルウルフを取り囲んでいく。どうやら、逃すつもりはないようだ。

馬車はこのための囮だった、ということだろう。

目的はアストラルウルフを倒すことか？

そうして辺りを眺めると、俺はふと気がついた。非武装の男が、この有様を見るように指示を受けている。

公証人だ。

それが必要になるということは、討伐を証明することになる線が濃厚だ。物品の損失の補償を請求する、あるいは懸賞金の類を狙ったものか。どこまでも利を追求する商人らしい。

俺は勢いよく駆け出し、彼らのところに行く。

「あのアストラルウルフのほかに、もう一体います！」

「ほう……それはなぜだね？」

俺は一瞬、言葉に詰まった。鑑定のことを話していいものかと迷ったからだ。

しかし、黙っていて後から被害が出ては遅い。だから、なんとか誤魔化すことにした。

「先ほどの奴とは模様が異なっていたからです。頭から胸元にかけて、別の形をしていました」

「なるほど。確かにもっともだ……もう一体いる可能性がある！　警戒しておけ！」

男はてきぱきと指示を出していく。そんなところは、長年傭兵たちを束ねている経歴を感じさせる。

きっとそういう資質こそ、俺に必要となるものなのだろう。的確な指示が出せなければ、損害を被るのは俺の元で動く魔物たちなのだから。

傭兵たちに取り囲まれているアストラルウルフは奮迅していた。一歩も引かぬ気合だ。

その間に俺は、ウルフにもう一体の奴を探させる。すると、鼻をひくつかせ、すぐに見つけたようだ。

「もう一体は……背後です！」

わざわざ、警備の厚いところを狙った、ということか。そこに重要な物があると踏んだのだろう。そしておそらく、この手薄なところは囮だと知っていながらも、傭兵を引きつけるためだけに飛び込んできたのだ。

だがそんな厚いところを突破できるだろうか？

俺たちは移動を開始するも、相手の行動のほうが早かったらしい。向こうから、二つの遠吠えが聞こえてきた。

◇

俺が到着したとき、すでに馬車の荷は荒らされていた。二頭のアストラルウルフが傭兵たちを翻弄し、その隙にダークウルフたちが馬車を襲ったのであろう。

二頭いるとばかり思っていたのだが、合計で三頭だったようだ。

思い込みから行動してしまったことの弊害だろう。裏づけが取れるまで、安易に決めつけるべきではなかった。

しかし、三頭だと知っていたとしても、俺にできることはなかっただろう。なにより、ウルフも合成したことでアストラルウルフとなっていたため、下手に突っ込んでいくと、傭兵たちに間違えて切りかかられる可能性があったのだ。

「退路を塞げ！　逃すな！」

傭兵たちが頻(しき)りに動き回るも、まったく手が出ない。そこで商人お抱えの傭兵たちが自ら剣を取った。

彼らが包囲し、遠距離から弓で射かけるのに合わせ、俺とライムは炎魔法で援護する。

「……魔法が使えたのですか？」

先の男が驚いたように、俺を見る。

「ええ、多少ですけれど」

そもそもスキルを持っている者自体が少なく、その中でも有用な魔法使いや魔物使いのスキルの両方を手に入れられる者となるとそうはいない。魔法系は非常に便利なため、訓練でなんとか覚えようとする者も少なくないというが、あくまでメインとなるスキルを鍛えた上で、補助として使うようなものだ。

実際、俺は魔物使いとしてのスキル以外は、鑑定と大陸公用語しか持っていない。この炎魔法はライムが持っているスキルを使用しているだけなのだ。

アストラルウルフがあぶりだされる中、多くのダークウルフが金品を咥えながら逃走し始める。

彼らの関係は、忠誠によって結びついているものではないようだ。どのダークウルフも、アストラルウルフを助けようとはしない。

傭兵たちは失敗を挽回し手柄を上げようと、躍起になってダークウルフたちを仕留めていく。

金品が次々と落とされるが、二頭のアストラルウルフは役目を果たしたとばかりに、逃亡を始めた。

商人お抱えの傭兵たちも、無理に奴を追うことはしなかった。金品を所持していない以上、優先順位は低いのだろう。むしろ、ダークウルフどもをいかにして仕留めるかに注力していたようだ。

だが、俺の目的は金品などではない。今は非番なのだから、多少の自由行動は許されるだろう。

俺はライムを抱きかかえ、ケダマとゴブを小型化してケージに突っ込み、ウルフに騎乗した。

「奴を追え」

小さく告げると、ウルフは勢いよく走り出す。

風のように疾駆し、森の闇へと飛び込んでいく。その姿からはまったく不安は感じない。頼もしい奴だと思いながら、背後から誰も見ていないことを確認するなり、ライムを小型化する。見られて魔物だとバレるのは困るが、一人分の重さだけでも、ウルフの負担になるだろうから。

そうして逃げる奴を追っていく最中、ダークウルフが追従してくることはほとんどなかった。逃亡先は同じだろうから、多くが仕留められたのか、それとも途中で従うのすらやめて離脱してしまったのか。

なんにせよ、俺は奴を逃す気はない。その先に待つ者を、突き止めるのだ。

夜風が頬を冷たく撫でていくが、それさえ心地よい疾走感となる。このままどこまでも駆けていけそうだった。ウルフも疲れを見せず、しっかり敵を追い続けていられる。

しかし奇妙なのは、あのアストラルウルフにこちらを撒こうという意思が感じられないことだった。ただひたすらに真っ直ぐ、目的地に向かっていくのだから、目を瞑っていたって追いかけられる。

やがて、前を走っている個体以外の匂いが混じってくる。そこらに元々生息していた魔物のほかに、血の匂いを撒き散らしながら、やや離れたところから近づいてくる個体。

いくつもの個体の移動方向を考えれば、その交点が集合場所であることがわかる。

そして、いよいよ目的の場所が見えてきた。

そこには、なんの変哲もない木の下に、小さくなってうずくまる男が一人。

《ルード　Lv13》
ATK14　DEF12　MAT16　MDF12　AGI14
【スキル】
「主従契約Lv2」「小型化」「バンザイアタック」「意思剥奪Lv2」

魔物使いの男だ。俺は木陰に隠れて息を潜めながら、様子を窺う。

やはり、俺の推論は間違っていなかったようだ。

金品を狙うのは、魔物自身が欲したわけではなく、その飼い主が命じたから。おそらく、この「意思剥奪」のスキルにより離反する意思を、命令に背く意思を奪われているのだろう。

それゆえに、魔物たちは金品を奪い、本能に背いてまで死をも厭わずに突っ込んできたのだ。

囮などの役割を理解しているのも、すべてこの男が仕組んだことだから。

そして俺の放った主従契約の魔法陣が触れた瞬間に破棄された理由は、すでにこのアストラルウルフが契約済みだったからだ。条件を満たしていないわけではなく、二重の契約はできなかった、ということである。

男は物音に気づいて怯えたように立ち上がる。そこに二頭のアストラルウルフの姿を見つけると、ほっとしたように一息ついた。そして今度は、急に怒り始める。

「おい、どういうことだ！　なんにも取ってきてないじゃないか！　この、くずが！　出来損ないが！」

蹴飛ばされてなお、その大柄な狼は抵抗しない。ただ、悲しげな瞳を向けるばかり。

男は苛立ちながら、行ったり来たりを繰り返していた。

やがて、血まみれになった最後の一体のアストラルウルフが戻ってきて力尽きたように倒れても、男は見向きもしない。

それから数頭のダークウルフが戻ってくる。どうやら、ほとんどがすでに散っていったらしく、うまく木箱を咥えてくることができたのは、たった一頭だけだった。

男はそれを見ると先ほどとは一転して喜悦の表情を浮かべ、中身を確認する。

「……くっく」

にたぁ、と笑みを浮かべる。星明かりに照らされて明らかになった男の顔は、まだ若いというのにひどくやつれており、深いしわが刻まれた額は老人のようでもあった。

俺は付近の魔物すべてに鑑定を使用。

準備が整うとウルフに騎乗し、一気に飛び出した。

アストラルウルフは反応しなかった。いや、あえて無視したのかもしれない。こちらの匂いには気づいているはずだったから。

男は戦利品に夢中になっていた。それゆえに、俺の接近にすら気づいていなかった。

ピタリ、と首筋に刃物を突きつけたときになってようやく、男は震え上がった。

「なっ……！」

「動くな。動くと切る。魔物にも、じっとしているように命じろ」

男の喉がごくり、と鳴った。

「くそ……お前ら、動くなよ」

もし、男が抵抗するつもりならば、俺は本気で切るつもりでいた。そのほうが手っ取り早いのだから、これは温情とも言えるだろう。

「質問に答えてもらおうか。あの隊商を襲ったのは、お前の従えている魔物でいいんだな？」

「ああ……なあ、取引をしないか？」

「取引？」

「そうだ。奪ってきたものの半分をやろう！　いや、そうだ、三分の二でもいい！　悪くないだろう？」

「……お前は自分の立場をわかっているのか？　交渉の余地はない。お前を殺して奪い取れば済む話なのだから」

男が震え上がり、立ち上がりかけた。そのせいで刃が食い込み、血が流れ出す。

慌てて動くのを止めるも、流れ出した血はなかなか止まらない。

「ひ、ひいい！　ま、待ってくれ！　わかった、わかった、わかったから――」

「そうだな。取引をしよう。お前はこの魔物たちを解放しろ。そうすれば、俺はお前を解放しよう。金品もいらん」

「馬鹿な！　魔物使いにとって魔物がどれほど大事か、わかるだろう!?　たった一人でこの森を抜けられるわけがない！」

その割に扱いはぞんざいだったがな。

「よし、じゃあ死ね」

「わかった！　解放する！　それでいいんだろう⁉」

「ああ、誓って約束を破ることはない」

男は震えながら、魔物たちに向かって手を翳した。途端、アストラルウルフの体内から魔法陣が浮かび上がり、そして砕け散った。

これで、契約は破棄された。あの狼たちも、この男に支配されることはない。

「さあ、解放してくれ！」

男の懇願に従って、俺は剣を納めた。

解放したところで、この男の運命はもう決まったようなものだろう。

大事そうに盗品を抱えながら、足をもつれさせて走り出す。しかし、男に飛びかかる影があった。

二体のアストラルウルフが男を組み伏せ、がりがりと爪でひっかく。

「ひぎゃ！　や、やめろ！　があああああ！」

俺は惨状から目を逸らした。やがて、男は沈黙する。物言わぬ骸となったのかもしれない。

奴の扱いに不満を持っていたのだろう。急に野生に戻ったわけではないはずだ。そうならば、俺に対しても襲いかかってきたはずだから。

俺はケダマたちにいつでも動けるように準備させておきながら、倒れているアストラルウルフのところに行った。

残り二体が、こちらを睨みつけてくる。どうやら、親しい関係にあったようだ。しかし、そんなことなど俺には関係がない。

俺は死にかけの個体に主従契約のスキルを使用する。これを断れば、こやつは死ぬだけだ。その自由を奪う術は、俺にはない。だから、決断するかどうかは、すべてこの狼に委ねられている。

アストラルウルフはしばし、契約を躊躇っていたようだ。

「選べ。ここで死ぬか、新たな存在の糧となり、別の生を得るか」

俺の言葉を、ウルフが代弁するように吠える。三頭のアストラルウルフたちは顔を見合わせ、小さく鳴いた。すると、残り二頭もこちらに歩み寄ってくる。

俺は彼らにも主従契約を使用。三体の魔物の足元に魔法陣が浮かび上がった。

「ウルフ。合成するが、いいだろう?」

小さく、しっかりした答えが返ってきた。それから、四頭のアストラルウルフが交わる。

一つの大きな魔法陣が光で満たされると、後には一頭の、毛並みの美しい狼が残った。

真っ白な毛に覆われた狼は、夜の僅かな光に輝いて、幻想的な姿だった。ほれぼれするほど美しく、新雪のように穢れがない。

《白狼　Lv1》
ATK43　DEF24　MAT12　MDF16　AGI42
【スキル】

ちょっと信じられないほどステータスが高い。どうなってるんだこれ。

通常のゴブリンの3倍、ホブゴブリンの2倍ってところだろうか。

新しいスキルは移動速度のみを上げるものだ。主な効果は、最大速度が増加すると見ていいだろう。しかし、疲労感が減少するわけではないようだ。これはスキル還元で俺も使えるようになっていて、ありがたいことである。人間という種族は最大速度はそこそこだが、発汗能力が高く持久力に優れている。そう考えると、むしろ人間向きのスキルと言えよう。

しばし俺は真っ白なウルフを眺めていたが、奴がいつものように鳴いたので、ちょっとばかり安心する。ゴブが駆け寄っていくと、ひょいと咥えて背に乗っけていた。相変わらず仲よしのようだ。

俺はそれから、先ほど死んだ男の亡骸(なきがら)から盗品を回収する。箱には血がついていたが、中身は無事だった。

それから俺は、近くにいたダークウルフに主従契約を使用してウルフの経験値とする。

どうやら、魔物たちにとって合成はそこまで嫌なものではないらしい。死ぬよりはよほどいいと考えるもののほうが多いようだ。この辺は、俺にとってはあまりよくわからない感情だろう。

ともかく、これで俺のすべきことはすべて片づいたはずだ。

再びウルフに乗ると、ライムが後ろからぎゅっと抱きついてきた。振り返れば、顔を逸らされる。

恥ずかしいんだろうか。

そうして俺たちは宿場町へと戻っていく。

来たときよりも遥かに速く、ややもすれば木々にぶつかってしまいそうなほどだ。これがスキルの効果なのだろう。

それに俺だけでなくゴブとライムを小型化せずに乗せても軽々と走るほどに力強い。さすがにケダマは大きいので、小型化しておいたが。

そうして闇の中を進んでいくと、馬車が見えてきた。もう戦闘は終わったようだ。俺はゆっくりとウルフから下りて、ゴブとウルフを小型化する。

魔物たちをケージに入れて、俺はライムと一緒に戻っていく。

どうやら商人たちが損失した物品を確かめているらしく、傭兵たちは見回りを行っていた。

しばらくうろついていると、商人お抱えの傭兵を見つけた。

「先ほどから見かけませんでしたが、どこへ?」

「ええ、アストラルウルフを追いかけていました。これ、荷物ですよね?」

差し出すと、男は受け取った後、頭を下げた。

「ありがとうございます。もう返ってこないかと思っていたので、安心しました。リーダーにお会いしていただけませんか？　このことを伝えたら、きっと喜ぶでしょう」

「私など一介の傭兵にすぎません。畏（おそ）れ多くも……」

「リーダーは能力を率直に認める方ですから、心配はいりませんよ」

そんな成り行きで行くことになってしまった。

できるだけ面倒なことは避けたかったのだが、こうなっては仕方がない。依頼主のお言葉に物申すわけにもいかないのだから。

働く傭兵や商人たちを尻目に、俺たちは歩いていく。

「そういえば……その狼は一体？」

「どうやら、進化した模様です」

俺はそれしか言えない。

こんな短期間で二度も進化することなんかあるだろうか。詳しくないからわからない。しかし、馬鹿正直に合成しました、なんて言うよりはましだろう。

「なるほど。同種の魔物を狩ることが条件だったのかもしれませんね」

「そうなんでしょうね」

もうそれしか言えない。この会話、さっさと終わらないかな。

そうしていると、ライムが眠そうに目をごしごしと擦っていた。こんな時間に起こしてしまったのだから、眠いのも当然だろう。彼女は俺の連れということになっているから、別に依頼には関係がないし、寝ていても構わないのだが、きっと置いていかれるのは嫌がるだろう。

しばらく会話が続いたのち、商人たちが集まっているところに俺は案内された。

俺は傭兵稼業が全然長くない――技術などはともかく、経験でいけばそこらの新人のほうがまだましなくらい――ので、交渉術には長けていない。したがって、こうして雇い主と話す時間が増えれば増えるほど、なにかやらかしてしまうんじゃないか、という気になる。

先の男はリーダーに向かって、俺が取ってきた小箱を差し出した。

「どうやら、先ほど持っていかれていたようです。彼が取り戻してきたとのことです」

「そうかそうか……ありがとう、君。いや、これはたいしたものではないのだが、ちょっと思い入れのある品でね。荷物と一緒に仕舞っておいたんだが、まさかなくなるとは……宝石などあとからいくらでも取り戻せるが、思い出は一つ限りだからね。感謝してもしきれないよ」

リーダーは禿頭(とくとう)を下げた。

俺なんかよりもよほど色々な経験をしてきた人なんだろう。そんな人に頭を下げられるのは、なんだか奇妙な気がした。

「いえ。自分にできることをしたまでのことです」

「君は謙虚なんだな。荷物を取り戻したときのことを聞いても？」

「ええ。魔物使いの男が、三体のアストラルウルフを従えていたようです」

そうして仔細を告げると、彼らはひどく驚いたようだった。

それから傭兵たちが先の場所に確認しに行って、遺体を抱えて帰ってくると、場が騒然となる。

どうやら、結構有名な魔物使いだったらしい。

元は貴族だとか、傭兵を長くやっていたとか、色々な噂が飛び交う。

けれど、やはり俺には無関係のことだという印象が強かった。世の中いろいろあるんだなあ、と思うくらいで。

「なにかお礼をしようと思うんだが、欲しいものはあるかね？」

「いえ。傭兵として当然のことですから」

「はっは。珍しいな。確かに謙虚なのは美徳だが、それでは傭兵としてはうまくやっていけんぞ。ここぞとばかりに、相手に不快に思わせず、むしろうまく乗せて要求するのが稼ぐコツだ」

リーダーはそう言って笑う。豪快な気質の人だった。

それからも話は続く。ケダマは退屈そうに大きな欠伸をした。

◇

最初の街を出発してから三日目。

俺たちは二つ目の宿場町を経て、隣の領で一番大きな都市へと向かっていた。もうすぐ到着するとのことである。

俺がのんびり歩く隣をウルフが行く。その上には、ケダマを枕にしてすやすやと眠っているライムの姿。起こさないように気を遣っているのだろう、上下の振動は最小限に抑えられている。

俺の力は、彼ら魔物たちの力によるものだが、果たしてこの関係はどうなのだろう。

もし、俺が付き合い方を間違えていたとしたら。もし、彼らが俺に不満を抱いていたとしたら。

主従契約を解除したとき、ライムは俺をどう思うのだろう。ウルフは噛みつかないだろうか。ゴブは組みついてこないだろうか。まあ、ケダマは特になんも考えてなさそうだからいいとして。

俺はあの日、見捨てたケダマゴブリンたちのことを思い出した。

言い訳する気はないし、彼らを犠牲にしたのは事実だ。そうしなければ、俺は今頃ブラックベアーの胃袋の中に収まっていたはずだから。

けれど、もうあんなことがなくていいように、力をつけたいとも思う。

あの魔物使いの男ほど粗暴な振る舞いをしているわけでもないが、だからといって嘲笑ってもいられない。

いついかなるとき、俺が同じ運命を辿るのか、誰も知らないのだから。

そうしていると、ライムが目を覚ましたようだ。ウルフからぴょんと飛び下りると、俺の隣に来てペタペタと鎧に触れながら俺の姿を眺める。

これは隊商のリーダーから、みすぼらしい格好ではいけない、と貰った鎧だ。簡素なものなのでそこまで高くはないのだろうが、これで俺も傭兵らしく見えるはず。

少し立派になった身なりと、大きくなった魔物たち。そして隣には変わらない魔物の少女。

この世界はまだまだ果てが見えず、俺の旅も終わらない。

これから先、どうなるだろうか。わからないことばかりだけれど、うまくやっていけるといい。

そうしていると都市が見えてきた。

きっと、ここからまた冒険が始まる。新しい未来が待っていた。

10

傭兵ギルドは今日も騒がしい。

荒くれ者たちが今後について語っていたり、剣や鎧を磨いていたり、はたまた昼間から酒をかっくらっていたりする。誰かが笑えばつられて別のテーブルからも笑いが起こり、誰かが叫べば次々と野次が飛ぶ。

これが傭兵たちの日常なのだろう。しかし、揉め事はともかく、荒事は起こさない。というのも、すぐにギルド職員によってやめるよう指示が出され、従わない場合は賠償金を払わされるからだ。

そしてほかの傭兵たちも、その賠償金の一部を得るために、ギルドに協力することになる。

要するに、結局金で動く傭兵たちは、わざわざムダ金を使いたくない、ということである。その線引きだけはしっかりできているようだ。

俺もこの雰囲気に慣れてきたものだが、やはり好ましいとは思えない。ここに来るのは、仕事を求めるときだけだ。

この前の護衛依頼のおかげで金はまだまだあるが、先ほど新居の契約を済ませてきたのだ。当面はここで生活する予定なので、短期間借りられるものを決めてきたのである。

仕事の斡旋や、この辺の魔物に関する情報を求めてやってきたのだが、この都市には結構な傭兵がいるらしく、待ち時間が発生していた。

お茶すらも出してもらえないので、余っている傭兵なんぞわざわざもてなす必要などない、ということかもしれない。いや、考えすぎか。

しかし、ここまで大きな都市になれば、仕事もその分多くなる……といいんだが、皆暇そうにしているなあ。まさか傭兵ではなく実は浮浪者、なんてことはないだろうな。

街で買ってきた菓子を頬張るライムを見ながら、俺は傭兵たちの話に耳を傾けて過ごす。

「なあ、あの噂聞いたか？」

「噂？」

「ああ。なんでも、あの山嶺に迷い込んで帰ってこない奴がいるとか」

「はっ、どっかで野垂れ死にしただけだろうが。あそこは人が入っていける場所じゃねえよ」

「噂なんてどれもそんなもんだろう。しかし、美女を見たって話だぜ」

「よくある話だな。大方魔物でも見間違えたんだろう。いつも霧がかかってるからな」

「ああ、よくあるな。お前も酔っぱらうと、顔の見分けもつかねえみたいだし。この前なんか、とんでもねえ女をお持ち帰りしてただろ」

「うるせえな。あのことはもういいだろ」

どうやら、霧の濃い山があるらしい。そしてそこには美女がいるという。

本当だろうか？　本当なら行ってみたい。

俺がそんなことを考えていると
「シン・カミヤ様。いらっしゃいませんか？」

呼び出しがかかった。

それから個室に行って、話を聞くことになる。

「私はここに来たばかりなので周辺の地形などについて教えてほしいのですが、よろしいでしょうか？」

「かしこまりました。それではこちらをご覧ください」

職員が机の上に地図を広げる。

目立ったのは湖と峡谷、そしてとりわけ広域に広がっている山の三つだ。これらの間を縫うようにして、街道が伸びている。

「この湖には、水棲の魔物がいると言われております。中には美味な食材として知られているものもいて、確実な成果が期待できます。次に、谷には鬼が住んでいるそうです。こちらはあまり人気はありませんが、鉱物を貯め込んでいる魔物を見つけたという報告が上がっています。一山当てるにはもってこいでしょう」

　どちらもなかなか悪くない。そして最後に、先ほど噂されていた山だ。

「山の一帯には霧が立ち込めており、真っ直ぐ進んでいたはずなのに気づいたときには戻ってきていた、ということが少なくないそうです。飛行できる魔物に乗って侵入した場合も同様だそうなので、ここは入れないと見ていいでしょう。この街の周辺はどこでも稼げるため、依頼を受けずに生活する者も少なくありません。こんなところですが、なにかご質問はございますか？」

　傭兵たちが暇そうにしていたのは、どうやら依頼を受けずに暮らしているからのようだ。時間に縛られず、魔物だけを狩っていればいいのだから、気ままなものだろう。

「依頼を受けない者が少なくないとのことでしたが、魔物に関する仕事もないのですか？」

　依頼をこなしつつ魔物も狩れれば、効率はもっといい。しかし、そううまくはいかないようだ。

「ええ。依頼を出さずとも、傭兵たちは出かけていきますから。わざわざ依頼を出すとすれば、稀(まれ)に高ステータスの魔物が現れたときくらいのものですね。そのほかだと、これといった戦争もありませんので、頼まれるのは護衛くらいのものです」

　それだけしか仕事がないのなら、もしかするとそこそこ強い傭兵であれば、依頼を受けるのは割に合わないのかもしれない。

　それからしばらく話を聞いたものの、今のところ納得できるような仕事はなかった。

　俺たちは傭兵ギルドを後にして、街中を歩いていく。依頼がなくとも、いつでも自由に魔物を狩りに行くだけで生活ができるのだ。焦ることはなかろう。

そうして街中を見ていくも、街の人々は傭兵に目もくれないことがわかる。ここでは前の街とは違って、厄介事と紙一重の存在というよりは、気ままに生きる猟師といったほうが近いのかもしれない。

俺も今日はそんな街に溶け込みたい気分だ。この街に来るとき、夜警をしていたので、結構疲れている。

ふらふらと歩いているうちに、俺もライムも、店先から漂ってくる香りにつられていく。ウルフとゴブも、ケダマの中から顔だけを覗かせ、ケージの外に鼻先を向けていた。

前の都市よりも、こういったところは都会らしく、料理も様々だ。

俺たちは適当な店に入って、遅い昼食を取ることにした。

どの店も繁盛しているが、ゴブやウルフの鼻が一番反応したところを選んだのだから、外れないだろう……いや待てよ、こいつらには砂糖と塩を間違えた前科がある。いいのかこれで？

そんな疑問が浮かぶも、ライムはすでに入っていってしまった。

俺は後に続き、席に着くなりメニューを眺める。

俺もライムもそんなに悩むほうではないので、すぐに決まってしまう。ケダマたちは基本的になんでも食うので、考慮する必要はない。そうして暇になると、ライムは店の中をきょろきょろと見回し始め、一つのものに興味をもった。

木彫りの狐だ。

棚にいくつも飾られているが、どれも素人目にもわかるほど見事な出来栄えだ。

ライムはそれを矯めつ眇めつ眺め、楽しげにしている。こういうの、好きなのかな？

「お待たせいたしました。メニューをお伺いしてもよろしいでしょうか？」

と、尋ねてきた老齢の店員さんに、俺は先ほど決めた注文を済ませる。

それからその女性はライムに目を留めたようで、声をかけてきた。

「気に入っていただけましたか？　主人が作ったものなんですよ」

彼女はうんうん、と頷く。実に子供らしい反応だ。しかし、いまだに会話には慣れていないので、俺が言葉を告げる。

「そうなんですか。とてもお上手ですね。狐がお好きなんですか？」

「ありがとうございます。この地方では昔は狐が多くいたそうで、今でも親しまれております。街のシンボルとも言えるかもしれませんね」

どの街にも色々特色はあるものだが、ここでは狐がそうらしい。

しかし、ここらで狐が出るという話は聞いたことがなかった。すでに滅んでしまったのかもしれない。

それからしばらく待っていると食事がやってくる。

ケダマたちの嗅覚も馬鹿にしたものではない。なかなか美味であった。

そうして食事を済ませると、あとは街中を眺めたり、新居で必要となるものを買ったり、俺たちは日がな一日、観光をして過ごす。

たまにはこんな日も悪くない。ライムも楽しげだったから。

こうして明日から働く英気は十分に養われたのだった。

◇

俺は森の中を突き進んでいた。

ギルド職員によれば、この森を抜けた先に深谷があるとのことだ。数か所だけ坂になっていて谷底まで降りられるところがあり、その先はアリの巣のように、複雑に分岐しているらしい。飛行できる魔物がいれば、空から楽に探索ができるそうだが、生憎と俺の手勢に飛べるものはいない。

まだ当面の生活資金には困っていないため、手堅く稼げる湖ではなく、一攫千金を狙える谷のほうから探索することにしたのだが、聞いていたのと違ってあまり魔物は見かけなかった。

それゆえに、どんどん進んでいけるのだが、これでは本来の目的とは異なるだろう。未知なる場所を探し求めて来たわけではなく、魔物を倒して素材を集めるのが目的なのだから。

傭兵たちが多く入っているから、魔物が少ないのだろうか？

しかしそうならば、ギルドの職員たちも魔物が多いとは言わなかっただろう。

ともかく、俺は今晩の食材を背嚢に放り投げながら、歩いていく。

そうしているだけでも、ライムがよくわからない木の実を取ってきて、俺と二人で首を傾げたり、ウルフが嗅覚を頼りに貴重な植物を見つけたり、ゴブが拾い食いをして腹を壊したりと、色々せわしない。

ケダマはゴブが食べるのを諦めたものを、もしゃもしゃと食っているのだが、こいつは大丈夫なんだろうか。

そんな道中は、誰かが話すわけでもないが、賑やかである。

しばらく何事もなく、ただ山菜ばかりを取っていたが、奥に進むにつれて草木の割合が減った荒れ地になってきた。

やがて向こうに白い塊を見つけた俺は、素早く鑑定を発動させる。

《謎の卵　Lv6》
ATK11　DEF32　MAT9　MDF15　AGI7
【スキル】
「高栄養価」

高栄養価って……なんの卵かわからないのに食いたくねえよ。

しかし、隣を見ればケダマがすっかり反応してしまっている。真っ黒な毛玉はごくり、と喉を鳴らした。

謎の卵は下端の一部分がひび割れ、なんの動物かもよくわからない足が出ている。そのため、歩いたりもできるようだ。攻撃力は高くないから、反撃を食らってもまあ、なんとかなるだろう。

「よし、ケダマ行け！」

俺が許可を出すなり、ケダマは勢いよく転がり始めた。

卵目がけて突っ込んでいき、そして衝突。卵は弾き飛ばされると、そのまま近くの木にぶち当たる。しかし丈夫らしく、割れて中身が飛び散ることはなかった。

いつもならそれくらいしか戦わないケダマだが、今は違う。やる気に満ち溢れ、卵に覆いかぶさりながら、牙を立てていた。

だが――すぐにしょんぼりして戻ってきた。

卵は中に閉じこもってしまい、殻が硬くてこじ開けることもできなかったのだ。

すっかりケダマは諦めてしまったようだが、さっきの情熱はどこに行ったのだろう。

「仕方ないな。焼くか」

俺は炎魔法を使用して、謎の卵に投げつける。かなりコントロールもついてきたため、外すことは滅多にない。

卵は炎を浴びて、一気に燃え上がった。

じゅうじゅう、といい音とともに、香ばしい匂いが漂い始める。ゴブとケダマが嬉しげに近づいていき、ウルフもチラチラとそちらを眺める。

お前らどんだけ食いたいんだよ、それ。

期待しているところ悪いと思いつつ、俺は主従契約を使用した。浮かび上がった魔法陣が謎の卵に吸い込まれていく。

そして火は消え足元に魔法陣が浮かび上がった。無事、契約することができたようだ。

……というのに、この反応はなんだろう。ゴブとケダマはあんぐりと口を開けて俺を見ているし、ウルフは落胆したようだ。

なんだよ、俺が悪いってのか。

「……仕方ない、次見つけた奴は食おう」

「くまー！」「ゴブゴブ！」

なんでこいつらこんな喜んでるのさ。俺は普段、そんなに餌をやっていなかったか？　いや、俺と同じものを食っているんだからそんなことはないだろう。

となれば、スキルの影響なんだろうか。うーん……

俺は目の前の卵を眺める。ぶっちゃけ、ステータス的には強くない。殻に閉じこもるのは便利だが、今のところ、防御に長けているのはライムとケダマがいる。ゴブとウルフの攻撃力が高いため、割とバランスはいい。

あえて入れ替える必要はないのだが……

俺はゴブを見る。こやつは俺のパーティの中で、一番初期ステータスが低い。ならば、すべきことは決まっているだろう。

「ゴブ、合成だ！」

俺が指示を出すと、ゴブはあまり乗り気ではないらしく、渋々魔法陣に入っていく。そして眩い光が生じた後、そいつは姿を現した。

つるつるした丸い胴体。ゴブリンの冴えない顔。胴体を完全に覆う卵の殻から、ゴブリンの手足が飛び出しており、小鬼の頭の上には卵の殻が乗っている。

見事に先ほどの二者が混じっていた。

俺は期待せずに、鑑定を使用した。

《タマゴブリン　Lv1》
ATK18　DEF20　MAT8　MDF10　AGI6
【スキル】
「非常食」

ステータスが下がっている。レベル1に戻ってるし、なんもいいことなかったな。しかもなんだよこのスキル。

食えるのか、このゴブリン食えるのか。煮ても焼いてもまずそうなんだけどなあ。

ケダマはこやつを見て、戸惑(とまど)っていたようだった。まさか お前……

と、そこで俺は気がついた。

《シン・カミヤ　Lv12》
ATK22　DEF28　MAT16　MDF21　AGI22
【スキル】
「大陸公用語」「鑑定」「主従契約Lv3」「魔物合成」「小型化」「ステータス還元Lv1」「成長率上昇Lv1」「バンザイアタック」「スキル還元」「スキル継承Lv1」「炎魔法Lv1」「エナジードレインLv1」「俊足Lv2」「非常食」

ステータスが下がったのはいい。

だが……なんか増えてる！　俺にまでスキル還元しなくていいよこんなもの！

この状態はまずい。なんとかタマゴブリンを合成して別の魔物にし、この不要なスキルを消し飛ばさなければならない。

さもなくば、俺の命が危うい。

「よし、行くぞ。新たな魔物を探しに！　ゴブ、お前はもっと強くなる。期待しているがいい！」

そんな宣言とともに、俺は荒れ地へと進んでいく。この先には、きっと森とは違う魔物がいることだろう。

しかし、どうにも締まらない。ウルフは変わり果ててしまったゴブに戸惑っているし、ライムはゴブの手足が出ている隙間をつんつんとつついて遊んでいる。

ちょっとかわいそうなことしたかな。まあいいや。

やがて視界が開けると、向こうには黄土色の大地が広がっていた。

ひび割れるように、いくつもの深谷がある。谷底を行くか、それとも地上と同じ水平面を行くか、選択するしかない。

しかし、俺には谷を跳び越えることはできないし、まして空を飛ぶことなんかできやしない。となれば、おのずと行けるルートは限られてくる。

ぐるりと辺りを眺めると、谷間へと続く下り坂が見つかった。

結構な幅があるため、馬車が数台並んで進めそうだし、軍隊なんかでも行軍ルートとして使えるだろう。

そのため閉塞感を覚えることもなく、俺たちは下っていく。

俺は隣をちらりと見る。ケダマはなんだか、タマゴブリンばっかり見ている。だから、注意力が散漫になっていたのだろう、小石に足を引っかけて、ころんと転がった。よそ見しているからそう

なるんだよ。

坂道だから、どこまでもごろごろと転がっていく。そしてどんどん茶色く汚れていく。

あー……ぶつかるまで止まらないな、あれ。

後から追いつけばいいや、と思っていたのだが、そうもいかなくなったようだ。

ケダマが通過した後の地面から、茶色い塊が、いくつも飛び出した。

土の中から現れたのは、土と見間違うほど茶色いモグラであった。足は短く、鼻はやけにとがっている。俺の膝くらいまでの背丈しかないが、その数の多さに圧倒されているうちに、一体、二体、と土中から次々に現れてきた。

《穴モグラ　Lv４》
ＡＴＫ３　ＤＥＦ11　ＭＡＴ９　ＭＤＦ７　ＡＧＩ３
【スキル】
「土魔法Lv１」

このモグラどもは、どうやら土魔法によって潜っていたらしい。どいつを見ても、必ずこのスキルを持っていた。

俺とたいして変わらない初期ステータスしかないほどに弱いが、とにかく数が多い。取り囲まれて殴られ続ければ、いかに耐久力があろうと、すぐに力尽きてしまうだろう。

しかし、ケダマは止まらない、止まれない。なんとか急停止しようともがいているものの、一度ついてしまった勢いはそうそう落ちなかった。

このままだと、ただ一体だけ敵中に取り残されることになる。

いかにして救出するか。俺がそう思案し始めた瞬間、すぐさま飛んでいく塊が一つ。タマゴブリンであった。

奴は手足を殻の中に引っ込め、ケダマ同様、坂を転がっていく。

そして勢いよく、一番手前にいた穴モグラを弾き飛ばした。その反動で宙に浮き上がり、くるくると回転して着地し……うまくいったかと思いきや、目が回ったのかふらふらしていた。やっぱだめだな、こいつ。

しかし、すぐさまゴブは大きく鳴いた。

その声を聞いた穴モグラどもは、一斉にゴブを見る。

……なるほど。ここでスキル「非常食」が効果を発揮するのか。ある程度空腹な相手に対して、魅力的な食材として映るのだろう。

ゴブがそうした理由など、わかりきっている。仲間思いのなかなかいい奴じゃないか。さっきはケダマに食料として見られてたけど。

「よし、行くぞ」

「おー！」

俺はライムと一緒にウルフに乗る。そして滑るように、坂を下っていく。

ゴブは威勢よく喚いていたが、穴モグラに囲まれ始めると、慌てて逃げ出した。かっこ悪いなあ。

まあ、レベルも低いし仕方ないか。

ウルフはゴブのところまでひとっ跳びすると、咥え上げてぽいと放り投げる。俺はさっと受け止める……ことができたらかっこよかったんだが、つるつるする卵のせいで、思わず落としそうになった。ああ、俺もかっこ悪いな。

ウルフは近づいてくる穴モグラを踏み潰し、蹴飛ばしながらどんどん進んでいく。しかし、すでに穴モグラの数は百を超えている。増える速度のほうが早いかもしれない。

ゴブを後ろに乗せて、俺とライムは炎魔法で遠方から近づいてくる奴らを燃やしていく。

ケダマはようやく止まったため、追いつくのも時間の問題だろう。しかし、今度は別の問題が発生していた。

ケダマと俺たちの間に立ち塞がる、大きなモグラ。見た目は穴モグラと変わらないが、大きさが全然違う。俺よりも背丈があり、しかも二足で立っている。手には先が尖った剣先スコップ。どうやら、土魔法で作った代物のようだ。

《モグラ大将　Lv15》

ATK27　DEF29　MAT30　MDF26　AGI11

【スキル】

「土魔法Lv1」


レベルは高いが、元々の初期ステータスはそれほどでもないのだろう。

すっかり弱体化したゴブでは返り討ちにされるだろうが、俺ならしばらくは一人でも持ちこたえられるはずだ。ウルフなら言わずもがな。

「ライム、援護を頼む」

彼女が頷き、俺は剣を抜く。

普段は使わないとはいえ、剣技を鍛えることは欠かしていない。いついかなるとき、必要になるかわからないからだ。

ウルフは速度を上げて、巨大なモグラ目がけて突っ込んでいく。

モグラ大将は手にしたスコップを振り上げた。あの大きな刃で打ちのめされれば、少なくとも無傷じゃ済まないだろう。

俺は向こうで穴モグラに囲まれているケダマを見る。跳んで跳ねて、ひたすら相手を押し潰しているが、助走するだけの距離が稼げないため、転がるのは難しいらしい。

とりあえず、この目の前の奴を倒さない限り、この状況は変わらないだろうな。

ウルフは大きく吠える。モグラ大将は気圧されて、思わずスコップを振った。狙いも曖昧で、早すぎる一撃だ。

ウルフがさっと高く跳躍しつつ回避すると、俺は一気に飛び下り、掲げた剣を振り下ろす。狙いは相手の頭部。

俺の剣は予定通りの軌跡を描く。しかし、相手のほうが体が大きく、反応も思ったより早かった。それゆえに一撃で命を奪うことはできない。

噴き出した血を浴びつつ、俺はゆっくりと降下していく。モグラ大将は先ほど振りきった力をばねにして、今度は俺に正確な狙いをつけていた。単純な膂力では、俺は奴に敵いはしない。

地に足が着くまでの時間が長い。早く回避行動を取らねばと思うほどに、焦りが生じる。

巨大モグラが動き出す。

俺はそのときになってようやく、地面の感触を掴んだ。そこから、俺はぐっと足に力を溜め込む。

次の瞬間、相手の頭部が燃え上がった。ライムが放った炎魔法だ。

頭を振り乱し、取り乱したモグラ目がけて、俺はありったけの力で飛び込んだ。そして横薙ぎの一撃を放ち、横を通り過ぎる。

そのまま一気に駆け抜けると、向こうに俺の魔物たちの姿が見えた。

俺はもう、後ろを振り返らずに駆ける。しかし、俺にも「非常食」の効果が発揮されているのだろう。穴モグラが次々と近寄ってくる。

俺は背後から飛びかかってきた穴モグラのほうを見ずに、一回転するとともに切り捨てる。

こちらを見ていたライムと目があった。

もう、自分だけの視覚に頼る必要はないのだ。俺たちに死角はない。

ケダマが飛び跳ねながら、嬉しそうに俺のところに向かってくる。おい、まさか俺を食おうって言うんじゃないだろうな。

しばし眺めると、すぐにそうではないことがわかり、ほっとする。しかし、今やゴブは使い物にならないし、近接戦闘ができるのは俺くらいだ。ウルフは防御が低く武器も持てないため、ヒットアンドアウェイしかできないだろう。

それゆえに俺はくるりと身を翻して、今度は来た道を引き返していく。再び、正面にモグラ大将を見据える。

奴はすでに二度も俺に切られたことで、狙いを俺に定めているようだ。

ならば好都合。

俺が奴に接近すると、すかさずライムが援護してくれる。炎は当たりこそしなかったが、奴の動きが鈍った。

相手がスコップを振り下ろした瞬間、俺はぱっと飛び退る。

そして空を切らせながら、炎魔法を使用。至近距離から浴びせかけた。

やはり、俺にはひたすら剣で打ち合うより、このほうが合っている。決してせこいわけではない、賢いやり方だ。

俺の隣を、転がったケダマベアーが通り過ぎ、まだ燃えていないモグラの足を弾き飛ばした。

横転するモグラ大将目がけて、俺は素早く「主従契約」を使用する。

魔法陣はすぐさま、相手の中に吸い込まれていく。もはや虫の息だったのだろう、一瞬で契約は成立した。

ふと思ったのだが、相手の意識がないと自動で成立してしまうのではなかろうか？

もしくは、判断力が鈍っているから、なにも考えずに許可してしまうとか。なんだか、かなりあくどい気がしないでもない。

しかし、のんびり考えている暇はなかった。

「ゴブ！　混ぜるぞ！」

タマゴブリンはころころと転がって、巨大なモグラのいる魔法陣の中に入っていった。

そして現れたのは、スコップを抱え兜(かぶと)をかぶった、茶色がかった緑色の体躯(たいく)のゴブリンであった。

《穴掘りゴブリン　Lv1》
ATK17　DEF16　MAT8　MDF12　AGI11
【スキル】
「土魔法Lv1」

ステータスは相変わらず低い。しかし、これで一応目的は果たせた。

まず、モグラ大将が消滅したこと。これにより、そこらにいる穴モグラどもは統率を失って、さっさと潜ってしまうものも現れ始めた。

そして「非常食」のスキルが消えたこと。もう、俺を食わんとする奴らはいないはずだ。

安堵しつつ、俺は魔物たちに命じて残党を仕留めていく。そしてこのままだとゴブが使い物にならないので、主従契約により経験値を注ぎ込む。

大方辺りが片づくと、結構な素材が散らばっていた。俺は一つ一つを回収してから、しばし悩む。

進むべきかどうか。

もう帰ってもいいのだが、せっかく来たのだから、もう少し行ってみようか。

「ケダマ、大丈夫か？」

「くまくま」

正直、くまくまと言われたってわからん。イエスなのかノーなのか。

まあ、目立った外傷はないから大丈夫なんだろう。そういうことにしておこう。

ようやくお騒がせケダマが戻ってきたことで、俺は一息つき、再び歩き出した。

11

穴モグラの討伐から歩を進めると、物寂しい風景ばかりが続いていた。もちろん、荒れ地である以上、そんなに生き物がいるはずもないのだが、なんにもない岩肌ばかりを見ていれば、飽きるのも時間の問題だ。

そんなわけで魔物との交戦もなく、俺はライムと一緒にケダマの上に乗っている。こやつは一応、それなりに力もあるため、人を乗せて歩けないわけでない。もちろん、ゆっくりなのだが。

ウルフとゴブは小型化して、ケダマの中に潜り込んでいる。こやつらは、そこがお気に入りらしい。

これからは、俺まで歩かなくてもいいかもしれない。ウルフとケダマのどちらにでも乗ることができるのだから。とはいえ、そんなことばかり続けていれば体がなまってしまうだろうから、やっぱり歩くべきだろうか。

そんなことを考えていると、ウルフがなにかを嗅ぎ取ったようだ。俺はウルフの小型化を解除し、ケダマの上から飛び降りる。

「なにか見つかったのか？」

俺の問いに、ウルフは曖昧に鳴く。異変自体があったのは間違いないが、よくわからないようだ。様々な匂いが混じっており判然としないらしい。

ウルフが辺りを行ったり来たりしている中、俺たちは少しだけ休憩する。

このままなにも見つからなかったら、帰っていいかもしれない。こんなところを探索し続けるくらいなら、さっきの森で卵でも取っていたほうがまだましだ。

そういやケダマたちにはあとで食わせると約束したが、結局見つかっていないな。そのうち見つかることもあるだろうし、まあいいか。

暇になった俺はケダマの上に寝転がる。見上げれば青い空。こんなに天気がいいと、お昼寝したらさぞ気持ちよかろう。

そんなことを思うと、自然と眠くなってくる。ケダマのベッドは汚れているが、泥さえ払えば悪くないのだ。

ぼんやりと流れゆく雲を眺めていると――巨大なされこうべが、視界を横切っていった。

慌てて飛び起き、俺は剣を抜く。

二本の角が生えた髑髏(どくろ)は、かたかたと歯を鳴らして笑っている。

《オーガスカル　Lv3》

ATK8　DEF8　MAT20　MDF14　AGI12

【スキル】
「浮遊」「土魔法Lv1」

ふう。焦ったが、そこまで強くないぞこいつ。俺でも倒せそうじゃないか。まったく、驚かせやがって。

それにしても白骨があるということは、やはりこの辺にオーガもいるんだろうか。

そう考えつつ剣を構え、白い塊が悠々と空を飛ぶ姿を見ていると、髑髏はこちらを目標と認識したらしく、真っ直ぐに飛んでくる。

さあ来い、撃ち返してやる。

そんな俺の目論見(もくろみ)にも気づかず、奴は直線的に動いている。単純な行動パターンしか取れないのかもしれない。そもそも脳がないから、思考できるほうがおかしいんだが。

いよいよ距離が近づくと、俺は剣を振りかぶる。このまま一気に切り裂かんと踏み込んだ瞬間、オーガスカルはふっと浮き上がった。そして代わりに、土の塊を放ってきたのだ。

俺は慌てて回避するも、反応が遅れれば直撃していた。

危なかった。致命傷にこそならないだろうが、打ち所が悪ければ痣になっていたはず。くそ、騙(だま)しやがって。

かたかたと笑う髑髏を見れば、どうやら中に土を溜め込み、固めたものを放出しているようだ。

一度攻撃するたびに、土魔法を使用することで土中に潜って、すくっているらしい。その間は無防備になっている。

……よし。

「ゴブ、潜れ！」

俺の命令を聞き、穴掘りゴブリンは土魔法を使って素早く土中に潜伏する。名前の通り、素早い動きだ。

俺は地上でされこうべを見つつ、ゴブに指示を出していく。

白いされこうべは笑っている。しかし、いつまでも笑っていられると思うなよ！　俺が本気を出した暁には、お前なんぞあっと言う間に仕留められるんだからな。

勢いよくこちらに向かってくる奴に相対し、俺はタイミングを見計らう。そんな俺を、ライムとウルフが見守っていた。

見ているがいい、俺の強さを。強さとは力だけを指すのではない。頭も十分に使わねばならないのだ。

オーガスカルがいよいよ、土の塊を撃ち出した。俺がさっと横っ飛びに回避すると、オーガスカルはそのまま真っ直ぐ進んでいき、やがて土を補給すべく降下していく。

「今だ！　いけ、ゴブ！」

先ほどから俺の指示に従って、ずっと土中を移動していた穴掘りゴブリンが、勢いよく飛び出した。

「ゴブゴブ！」

土を補給しに来たされこうべを真下から、スコップで一気に貫く――かと思いきや、俺のすぐ後ろに現れた。

……お前、どこ掘ってんだよ。全然指示通りに動いてないじゃないか。

多分、モグラどもは聴力と嗅覚によって位置を掴んでいたんだろう。だから、どちらもたいしてよくないゴブリンが潜ったところで、こうなってしまったのも仕方ない。

オーガスカルはこれまた浮かび上がり、攻撃を仕掛けてこようとする。心なしか、調子に乗っているように見える。くそう、馬鹿にしやがって。

もういいや。うん。

「……ウルフ、やってしまえ」

命じると、ウルフは一気に駆け出す。そして一度崖（がけ）に跳びついてさらに高く跳び上がり、オーガスカルの上に躍り出た。そこから一気に牙をむく。

無警戒に飛んでいた髑髏は、巨大な狼に捕まるといとも容易く地面まで運ばれ、そして叩きつけられる衝撃で砕け散った。

やっぱりウルフは強いな。初めからこうしてりゃよかった。

そうしてオーガスカルを退治したのだが、ウルフはしばらく、されこうべをひっくり返したり、ひっかいたりと、いじっていた。これは遊んでいるわけではないようだ。

しばらくして、なにかを閃いたらしく、崖へと近づいていく。そして猛然と穴を掘り始めた。

少しの間そうしていたのだが、土が硬いらしくなかなか進まず、諦めて座り込んでしまった。その向こうになにかがあるのだろうか？

「ゴブ、掘れるだろう？　土魔法の出番だ」

俺が指示すると、ゴブは駆けていって、ウルフの代わりにスコップで土を掘り始めた。土魔法によって柔らかくなった壁が、次々と掻き出されていく。

この土魔法、レベル1だと土を固めたり柔らかくしたり、といったくらいしかできないらしく、あまり使い勝手はよくない。

しかし、ただ穴を掘るだけなら十分なようだ。

一応、俺もスキル還元の効果により、土魔法は使えるんだが、やっぱりやりたい奴がやるべきだろう。スコップも使ってやらないとかわいそうだ。普段は出番もなさそうだし。

やがて穴掘りゴブリンは掘るのを中止する。向こうに洞窟が見えていた。

ウルフが探していたのは、これだったようだ。オーガスカルの匂いを頼りにすることで、探し当てられたのかもしれない。

とりあえず、行ってみるか。これでなんもなければ帰るとしよう。

ウルフの嗅覚が当てになると仮定すると、危険な気体で満ちているということはないようだ。

嫌な臭いは充満しているが、おそらく腐臭だろう。オーガスカルもここから出てきたと見える。となれば、待っているものは大体見当がつく。

墓荒らしになるんだろうか……うーん、せっかく見つけたとはいえ、気が乗らないなあ。

炎魔法を用いると、おぼろげながらが明るくなって、洞窟の先が見えるようになった。魔法の炎は酸素ではなく、よくわからない生体エネルギーのようなもので燃えるため、狭いところで使っても酸欠の心配はなく、安心できるのだ。よくわかっていない、という点に関してはまったく安心できるものではないのだけれど。

ともかく、俺は慎重に進んでいく。洞窟は頑丈な作りになっているようで、崩落の心配はなさそうだ。万が一そうなっても、俺とゴブには土魔法があるから、始めの衝撃さえ乗り切れば、多分なんとかなるだろう。

幾度か分岐した道を進んでいくと、俺は思わず顔をしかめた。

壁には飛び散った血肉がこびりついており、地面にはまだ新しい骨が散らかっていた。

辺りを見回すと、いくつもの遺骸の一部分が見つかる。この死体の残り方から察するに、ここにいたのは魔物だったらしい。

どうやら、何者かの襲撃があったようだ。血の匂いはさらに奥に行くほど強くなっている。

「なにがあったのか、わかるか？」

ウルフに尋ねるも、さすがにわからないらしい。そりゃそうか、エスパーじゃあるまいし、嗅覚だけで過去のすべてを知りえるはずがない。

やはり地道に調べていくしかないのだろう。

俺はしゃがみ込んで、死骸を眺める。正直なところ、見たってなにがなんだかよくわからない。

魔物によっては、肉が売れたりするんだろうが、こんな有様の物を持っていくのは気が引ける。

辺りを見回しているうちに、俺は細長いものを見つけて、つまみ上げた。

やや緑がかった茶色で、長さは短く、くるんと巻いている。

「これは……豚の尻尾かな？」

ライムが俺のところにやってきて、じっと眺める。しかし、直に触るのは嫌らしく、ちょっとだけ距離を置いていた。そういえば、俺がグールに触れたときもこんな反応だったな。綺麗好きなのはいいが、ちょっと寂しい。

ここに豚が住んでいたということだろうか？　あるいは、食料として飼われていたのか。

しかし、こんな暗いところで生育できるだろうか。

さらに探し続けていると、先ほど見たオーガスカルのものと同じ二本の角が見つかった。ということは、ここにもオーガが住んでいたということだろう。ならば、このやや赤みがかった茶色の皮膚は、オーガのものかもしれない。それらが死後、先ほどのオーガスカルになった、という蓋然性（がいぜんせい）が高まる。

ほかになんの手がかりもなかったため、俺はさらに先へと進んでいく。やがて、付近についた血の色が濃くなってきた。そして奇妙な臭いは強烈さを増していく。

洞窟の向こうに開いた闇が、異様な雰囲気を醸し出していた。俺は一度、後ろを確認する。

なにもいないし、いつでも帰ろうと思えば帰れる。しかし、ここまで来て帰れるものか。

勇気を出して、足元から天井までしっかり確認しつつ、前へ。そうして、炎の明かりが大きな部屋を照らし出す。

途端、明らかになった中の様子に、俺は思わず吐き気を覚えた。

一面に広がる血肉。そして、凄まじい悪臭を放つ液体の跡。

そこには細長い暗赤色の、ぶよぶよしたものが、散らばっていた。今は乾燥しているが、これまではおそらく、ぬめり気を帯びていたと思しき跡がついている。

そして表面が溶かされたようにつるつるした肉の塊があちこちにある。こちらは一様に白く同じ質感のようで、あまり部位による区別がつかない。

いったい、ここでなにが起きたのか。その疑問を解決するより先に、まずは危険がないことを確認すべきだろう。

俺はウルフたちに警戒するよう告げつつ、微細な物音にも注意を払う。しかし、すでにここに生物は存在していないらしい。呼吸音一つ聞こえない。

だが、少なくともこの現場が、ここで虐殺に近しい事象があったことを示唆している。気を抜いてもいられない。

臭いに気分が悪くなりながらも、俺は血肉の上を進んでいく。ひどい有様だ。

やがて最深部に辿り着くと、そこには貯め込まれていた物があった。

「おお……これ、偽物じゃないよな？」

宝石と思しき小さな石が、土でできた台の上や床に無造作に転がっていた。俺には価値なんてよくわからないから見分けはつかないのだが、ぱっと見では、安っぽくはない。

しかし、そんな貴重なものをこんな風に扱うだろうか？

俺は一つ一つ、拾い上げて袋に回収していきながら、そんな疑問を抱く。と、そこで床に散らばっている別の物も見つかる。

食糧と思しき雑穀の類だ。あちこちに散らばっている割に、台の上にはほとんど存在していない。ここを物置として使用していたのだとすれば、残りがあってもいいはずだ。

食糧難で奪い合いがあったのか、はたまた略奪でもされたのか。しかし、人間ならば雑穀なんかより宝石を優先的に取っていくだろう。わざわざご丁寧に、偽物を置いていくこともあるまい。だからここに人間が入ったわけではないのかもしれない。確かに、人が掘っていったような形跡はなかったはずだ。

なんとも奇妙なところだが、金目のものがあるなら、さっさと貰って帰るとしよう。あとから強い魔物がやってきて襲われるのも勘弁願いたいし。

そんなわけで、俺はライムたちと協力して、宝石を回収していく。

そのほかの場所も探したが、特になにもなかったので、さっさとこの場を後にすることにした。

洞窟から出てくると、変わらずに青い空がある。この空がこんなにも素晴らしいものだなんて、思いもしなかった。

新鮮な空気を吸っていると、心まで洗われる気がしてくる。

ライムもあの暗くじめじめした場所にはうんざりしていたらしく、はしゃいでぱたぱたと走り回っていた。

「さてと、帰ろうか。あんなとこにいたせいで、すっかりかび臭くなってしまった気がするよ」

「おー！」

そうして俺たちは引き返していく。

先ほどと同じ道を行くため、魔物に遭遇することもない。坂道では穴モグラに遭遇するかとも思ったのだが、そんなこともなかった。頭を叩いたことで、すっかり統率が取れなくなったのだろう。もしくは、別の場所に移動したのか。

森に戻ると、俺はふと思い出してウルフに尋ねる。

「あの卵の匂い、わからないか？」

ウルフは嬉しげに尻尾を振りながら、鼻を地面にこすりつけんばかりに近づけ、ふんふんと鳴らした。

すると、ケダマとゴブまで頭をすれすれまで下げて、真似をする。ケダマはともかくゴブよ、お前の嗅覚は当てにならないだろ。俺よりもだめなくらいなんだから。

そんな状況で、俺は魔物たちのケツを見ながら進むことになる。

一方、ライムは全然、卵に興味を示さず、あちこちに咲いている花を眺めたり、山菜を取ったりしている。あれ以来、料理に関してやる気が出たのか、こうして取ったものを揚(あ)げたり茹(ゆ)でたりしているのだ。

そうしていると、電流が走るような感覚が俺にもフィードバックされる。瞬間、ウルフを筆頭に、ケダマたちが走り出した。

慌てて奴らを追っていくと、案の定、あの卵の魔物がいた。

ようやく追いついた俺を、ケダマが振り返る。目はいつになく真剣そのものだ。怖いんだけど。なんとなく熊っぽさがある。こんなときに野性を発揮しなくてもいいだろうに。

ゴブとウルフに急かされて、俺は炎魔法を使用する。

投擲すると、謎の卵は燃え上がった。

漂ってくる香ばしい匂い。なかなか旨そうではある。

やがて、そろそろいい具合かなあ、と思ったのだが——魔物は消えていった。そういえば、死んだら消えるんだっけ。

僅かに残った黄色い物体に、我が魔物たちは駆けていく。

「あ、食うなら小型化——」

俺が言うよりも早く、ケダマが飛びついた。

そして小さな塊を口にして満足そうに、のほほんとした笑みを浮かべるのだ。

「くまくま」

嬉しそうに鳴くのだが、すぐにウルフとゴブから抗議(こうぎ)の声が上がる。

……賑やかだなあ。

しかし、俺のパーティ、これでいいんだろうか？　つい、そんな疑問を抱いてしまった。

「しー」

そんな俺の服の裾を引っ張るライムは、キノコを手にしていた。毒のあるものじゃないか、見てほしいんだろう。

「食べられそうだね。今晩はこれにしようか」

「おー」

なんだかすっかりだめになったケダマたちを見ていたせいで、ライムがやけにまともに見える。

今晩の食卓を想像してにこにこしているのも可愛らしい。

それから俺は帰途に就いたのだが、魔物たちがふらふらするせいで、結局何度も卵を焼くことになった。

そうして俺は、もう当面は卵料理を見たくなくなったのだった。

谷の探険から帰ってくると、俺たちはまず傭兵ギルドに向かった。

あの穴倉がいったいなんだったのか、尋ねておくべきだと思ったからだ。

そして辿り着いたギルドなのだが、すでに日が暮れ始めているというのに、賑わいを見せている。

どうやら、これくらいの時間になると帰ってきた傭兵たちで溢れ返ってしまうようだ。

受付を済ませると、席に着いたままぼんやりと彼らの姿を眺めて時間を潰す。

彼らはそれぞれ自慢の剣や槍を持っていて、なにも武器を持っていない者はそうそういない。魔法使いであっても、スキルだけに頼るわけにはいかないため、なんらかの簡単な武器くらいは持っているようだ。

だから、俺が剣を佩いているのはおかしくない。ケージを持っているのもおかしくないのだ。

だというのに、どうにも、魔物を三体も中に入れていると目立ってしまう。それだけいるなら、わざわざ主人まで戦わなくてもいいのに、とでも思うのか、鎧と剣を見ておや、という顔をする者もいる。

おいおい、ケダマなんかに命を預けられるか。うっかり落としてしまう可能性が大きすぎるだろう。命がいくつあっても足りやしない。

一方、ライムは軽装のままだ。彼女はそもそも魔物であり丈夫なため、そんなものが必要ないのだ。

装備を新調してもいいかなあ、とは思うものの、特に案もないのであった。

そうして待っていると、ギルド職員から呼び出されたので、俺は個室に向かう。

以前に会った男性とは別の人物だ。

「谷についてなにかお尋ねになられたいとのことでしたが」

「ええ。実は先ほど行ってきたところなのですが、魔物がほとんど見つからなかったにもかかわらず、洞窟の中には血肉が飛び散っており、凄惨な有様でした。普段からこのようなことがあるのかと思いまして、参った次第です」

俺が言うなり、男性は眉を顰めた。

「確かに最近、魔物が見つからないことがある、とは連絡を受けていました。しかし、洞窟ですか。あの地域にはほとんどないはずなのですが……失礼ながらお尋ねしますが、魔法使いと同行されていましたか？」

土魔法で掘っていったのか、ということだろう。

「まあ、そんなところです」

一応、ライムは魔法が使えるので間違ってはいない。

「なるほど……オーガが住まう洞窟があるのではないか、とこれまでに推測はされてきました。また、実際に住んでいるところを目撃したという報告も上がっています。少ない例だったので、噂の域(いき)を出ていませんでしたが……もしかすると、そこが被害にあったのかもしれませんね」

「魔物同士の抗争、ということですか？」

「可能性の一つとしては、考えられますね。残念ながら、詳しいことはわかっていませんので……」

結局のところ、どうなっているのかわからない、ということだった。それから、あそこに宝石があった理由だが、魔物は土魔法で潜っているうちに見つけたものを貯め込むことがあるためだそうだ。

しかし、略奪をした魔物のほうは、興味がなかったのだろう。それゆえに、俺はこうしてありがたく宝石だけをいただくことができたのだ。

軽く見てもらったところ、偽物ではなさそうだったので、これから紹介された宝石商のところに赴く予定になった。

なんとも気味が悪い感じがするので、さっさと売り払ってしまいたかったのである。

そんなわけで、とりあえずなにもわからないということがわかったので、今後は谷のほうにはできる限り近づかないことにする。湖のほうが一般的には稼げるのだから、わざわざ谷に行く必要はない。

それもこの宝石次第ではある。たんまりお金が貯まれば、のんびりごろごろ過ごしたっていいのだ。

色々夢が広がる中、俺はギルドを後にした。

◇

翌日、俺たちは街中を歩いていた。宝石商のところに行く予定なのだ。

今日は雨が降っており、一つの傘の中に、俺とライムは入っていた。結構大きな傘なのだが、密着しないとはみ出てしまう。そのため、俺たちは寄り添いながら歩いていた。

傘を持つ俺の手に、彼女のつるつるした手が触れている。

……これでは、まるで恋人みたいではないか。

俺はちょっと浮かれながら、雨の日も悪くないと思うのだった。

小さな傘で彼女を濡らさないために、ちょっとだけ自分が外に出る、なんていうシチュエーションもこれからあるのだろうか。ライムはあんまり大きくないから、そんなことにはならないのだけれど。それに、彼女は濡れるのもあんまり気にしていない。

ライムは小さな長靴に雨合羽という格好をしており、なんとも子供らしい。水たまりを踏んではしゃぐのも実に可愛らしい。

そんな彼女とは対照的に、ケージの中の魔物たちは浮かぬ顔だ。湿度が高くなっていることで、ケダマの中はじめじめしているのだろう。今日はウルフもゴブも、中に入っていない。ちょっぴりしょんぼりしているケダマは、なんだか小さく見える。多分、毛がしっとりしているからだ。

道中、ライムは街の人々の姿を気にしているようだった。

最近は生活にも余裕ができたことで、あちこち、遊びに行くことも多くなった。そんな中、自分と他人の違いなども気になり始めたのかもしれない。

きっと、これはいい傾向なんだろうと思う。

一方で、ケダマはあちこちから漂ってくる食い物の匂いにつられ、あっちに行ったりこっちに行ったり、ケージの中をころころ転がっている。

そのたびにウルフやゴブは巻き込まれていて、迷惑そうだ。

やがて俺たちは立派な宝石店に辿り着いた。高級品を取り扱うこともあって、中には武装した男がいる。

なんだか入りにくいなあ。

そう思うのだが、ライムは全然気にしていないようだ。この子、俺より胆が据わっているかもしれない。

「いらっしゃいませ」

「ええと、傭兵ギルドの紹介で来たのですが、こちらで宝石を買い取っていただくことはできますか？」

「はい。こちらへどうぞ」

さすがに店頭でそんな取引をするわけにもいかないため、奥まった部屋に案内される。そこで担当の者がやってくるまで、俺たちは待っていた。

やがて、小太りのおっさんがやってくる。

「お待たせいたしました。買取をご希望とのことでしたが、お見せいただけますか？」

「はい、こちらですね」

俺は背嚢の中から、大量の宝石を取り出した。

大きなものは一つもないが、かなり数が多い。宝石商はそれを見て、目を丸くした。

「どれも原石のようですね。自ら取ってこられたものですか？」

「え、ええ、まあそんなところです」

「申し訳ありません、詮索するつもりはなかったのですが、どれもよい品ですから。もし、他店がこれを仕入れたとなれば、気になってしまうものなのです」

この人はあまり口がうまいほうではなさそうだ。とはいえちゃっかり俺が取ってきた、と確認しつつ話を進めている辺り、やっぱり商人なんだろう。

しかし、一つ一つ念入りに確認作業をしている辺りは、職人に近いのかもしれない。一芸に秀でた者が身に纏う存在感があった。

そうしていると、飴玉かなんかと勘違いしたケダマが物欲しそうに眺めていた。やらんぞ。どうせ口にしたって、すぐ吐き出すだろうに。

それから概算が出されると、俺はつい目を丸くした。

……これならもう一回谷に行ってもいいかなあ、なんて思ってしまう。予想以上の額だ。こんなにいいことが続くと、後からなにか反動が来そうな気さえしてしまう。

明日から、ケダマの餌も一品くらい多くしてやろう。なにがいいかな、熊だしやっぱり魚かな。

いや待てよ、うまくやったのはウルフだ。ケダマはなにもしていない……まあどうせ魔物たちには同じもの食わせてるんだから、どちらにしても同じことか。

念入りに査定するとのことで、その間、俺たちは店頭を眺めることにした。あれほど多くあったのだから、途中でこっそりくすねられてもわからない者がほとんどだろう。しかし、そう思うようなろくでもない店なら、もうちょっと足元を見られていたはずだ。

なんにせよ、俺はあの宝石を昨日一晩中眺めていたから、一つでもなくなればすぐにわかる。記憶力はいいほうなのだ。

そうして暇な間、宝石を眺めているわけだが、さっぱり価値がわからない。それほど整っているわけでもないのに高いのもあれば、凄く綺麗な色をしているのに安いのもある。

この辺は、希少価値の問題のようだ。

ライムはしげしげと眺めていたが、ふと俺の服の裾を引っ張った。

「しー」

「ん？　これが欲しいの？」

彼女はぶんぶんと首を横に振る。身振り手振りで、頑張って説明を始めた。

彼女の身振りはよくわからなかったが、俺には意思を疎通する能力があるため、おおよその内容はわかった。どうやら、宝石を研磨してみたいとのことである。

これから当面は時間があるから、別に構わないのだが、許可してもらえるだろうか？

そう思って尋ねると、どうやらここでは普通にカットなどもしているらしく、金さえ払えば融通をきかせてくれるようだ。

待っているだけでは暇なので、初心者体験向けの安物を買い取って、早速試してみることにした。

しかし、思った以上に作業は大変であった。削るにしても電動ではないため、必死に足踏みして回転式砥石を回さねばならないし、カットするのも穴をあけるのも同様だ。

俺はせっせと働いているんだが、頑張って宝石を操るライムから苦情が来る。仕方なかろう、俺だってこんなことをした経験はないんだから。

彼女が怪我しないかはらはらしつつ、俺は脚を酷使して、ひたすら砥石を回し続けた。街中なので、ケダマたちにやらせるわけにもいかなかったのである。

そうして日が暮れる頃になると、ライムはようやく出来上がった宝石を満足げに眺めていた。気に入ったようで、そして怪我がなかったことがなによりである。俺がそんな風に見守っていると、ライムはちょこちょこと俺のところにやってきて、俺の手にそれを握らせた。

「えへへ」

笑う彼女。俺へのプレゼントを作りたかったようだ。

俺は手の中にある、小さなアクセサリを眺めた。安物の宝石に、紐を通しただけの、実に簡単なもの。しかし、これは俺にとって、女性から初めてもらったプレゼントなのだ。

胸の中に、じわりと温かいものが込み上げてくる。

「ありがとう、ライム。嬉しいよ」

「ふふー」

これまでの疲れが一気に取れる思いだ。

俺は満足して、それから宝石の代金を受け取って浮かれつつ、帰途に就く。

しかし、どれほどいい気持ちでも、疲れが取れるわけではないのだろう。翌日、俺は筋肉痛で歩けなくなったのだった。

12

当面の生活費を得た俺は、この日もなにをするでもなく、街中をぶらぶらと歩いていた。まるで失業者のようだが、金に困っていないのだから問題はない。

それにこちらでは、日本人のようにあくせく働きたがる者はあまりいない。この辺は意識の違いだろう。もちろん、働かねば食っていけないから、必死な者のほうが多いのは間違いないが。

なんにせよ、とりあえず俺が狩りに出かける気分にならなかったというのが最大の理由だ。だからここ数日、俺たちはただ食べ歩きばかりをしていた。というのも、ライムを除く我が魔物たちが行きたがる場所といえば、それくらいだから。功労者であるウルフの行きたいところを拒否しなかった結果である。

そんなわけで今日も俺主催の食べ歩きツアーをしようと思っていたのだが、メニューはいまだ決まっていない。

さあ、どうしようか。

そんなことを考えながら街を歩いていると、傭兵らしき一団とすれ違う。彼らはどうにも奇妙な装備だった。銛に釣竿、網を持っている者もいる。実は傭兵じゃなくて漁師なのか？

しかし、腰には剣を佩いているし、弓や槍を持っている者もいる。

そうだなあ、魚料理もありかな。ああ、でも肉料理も捨てがたい。

「今日こそ、マーメイドを捕まえてやるぜ」

「おう、この前は惜しいところまで行けたんだ、今度こそ！」

マーメイド。なんと素敵な響きだろう。ふと耳に入ってきた彼らの話に俺はつい惹かれてしまう。

俺の知っているマーメイドと同じなら、多分魚の胴体に、人間の上半身の魔物であろう。

マーメイドが出る場所がこの近くにあるということか。となれば、湖だろうか。行ってみるしかない。俺は早速、情報を集めるべくギルドに向かうことにした。

だが、俺が働かんとしているのを見るや否や、ケダマたちが抗議の声を上げる。どうやら、狩りに行きたくないのではなく、まだ朝飯を食べていないことが不満だったようだ。

最近では、俺は奴らに旨いものばかりを食わせているせいで、こうして平気でねだるようになってきた。しつけのために、しばらくお預けしてペットフードでも食わせたほうがいいんだろうか。

ともかく、俺は一旦近くの店に入って、食事を取ることにした。

俺とライムはそんなに食べるほうじゃないので、軽い朝食を取り、ケダマには十分な量を与えてやる。

最近では、ゴブとウルフたちが満腹になってしまうだけの量を与えているため、ケダマ一体だけがいつまでも食べていることが少なくない。こやつの胃袋は異次元にでも繋がっているのか、放っておけばいつまででも食っていそうだ。

俺はライムが食べ終わると、ケージの中のケダマが食事中なのも気にせず、店を出て歩き出した。

マーメイドのことが気になって仕方がないのだ。この世界に来るまではあまり気づかなかったことだが、どうやら俺は結構、好奇心が強いほうらしい。単純に、これまでは強い興味を抱くものがなかっただけのことで。

そうして辿り着いた傭兵ギルドはやはり繁盛しているようだ。しかし、ほかに釣竿を持っている者は見当たらない。

彼らは傭兵じゃなかったんだろうか？　そうだとすれば、聞き込みから始めなければならなくなる。それはちょっと面倒だなあ。

やがて時間がたち、俺は職員との話し合いの機会を得る。

「マーメイドがいると噂されているのを耳にしたのですが、本当でしょうか？」

相手が着席するなり、俺は勢い込んで尋ねた。職員は少々面食らったようであったが、すぐさま冷静さを取り戻して答える。

「湖にはいると言われていますが、深い水底に住んでいるらしく、地上には滅多に姿を現さないそうです。月の綺麗な夜には稀に出てくることもあるそうですが、人の気配を感じると潜ってしまうため、どちらにせよ捕獲・討伐するのは難しいでしょうね」

ということらしい。

しかし、俺は諦めないぞ。なんとしてでも捕まえてみせる。あの傭兵たちでさえできそうだと言っていたんだから、可能性はゼロじゃない。

「釣り上げることはできないんですか？」

「そうですね……大抵の餌には興味を示さないそうなので……もしかすると珍しい餌があれば、食いつくかもしれませんが」

「なるほど」

俺はケダマを見る。黒くてふわふわしている。小型化している今、こやつはサッカーボールくらいの大きさだ。これなら、美味しそうに見えるんじゃないか？

ケダマは食後ということで、げふっと一息ついた。

栄養満点だから、やっぱり餌としてはいいかもしれない。問題は、こいつが水の中で動けないことだよなあ。なにかいい方法はないものか。

「マーメイドに限らず、水棲の魔物はたくさんいるので、行ってなにも得られなかった、ということはないと思いますよ。魔物はそれなりに多いですが、自信があるのならお薦めです」

「ありがとうございます。行ってみることにします」

谷では結果的に宝石を得られたとはいえ、魔物はほとんど見つからなかった。それと比べれば、どこだっていい狩場に見えることだろう。

俺は傭兵ギルドを出ると、今度は釣り道具を買いに行く。

さすがにそこまでは紹介してくれなかったので、適当に街を眺めて探すことになる。とはいえ釣り具店の数は非常に多いため、そこまで時間はかからなかった。

店の中に入り、釣竿を一本一本眺めていく。ライムはつんつんとつついてみたり、餌の匂いを嗅いで嫌そうな顔をしたり、飽きもせずに動き回っている。とりあえず棚に引っかからないよう注意しつつ、俺は自分のすべきことを考える。

人魚を釣り上げても折れないだけの十分な強度を持った逸品に決めると、あとは餌の選択だ。

「人魚が食いつきそうな餌ってどれだろう？」

ウルフとゴブが、一斉にケダマを見た。

いや、そいつなのはわかるけどさ。俺もそう思うけど、そうじゃない。

当てにならない奴らの嗅覚を頼りに、餌をいくつか選ぶ。最悪、人魚が釣れずとも、そこそこ魚が釣れればいいや。

多分、ライムは釣りをしたことがないからいい経験になるだろう。しかし、待ち時間がとにかく長いから、その前に飽きてしまうかもしれないなあ。

そんなことを考えていると、店主が声をかけてきた。

「兄ちゃん、そんなに丈夫な釣竿じゃなくても魚は釣れますぜ」

「いえ、マーメイドが釣れると聞いたものですから」

「へえ……いやあ、俺も若い頃はそんなことを聞いたもんですが、一度たりとも釣れやしませんでしたね。それなら丁度いい、もう使わなくなったものがあるんで、差し上げますよ」

俺が餌や竿を決めて購入代金を支払うと、店主がサービスで網などをくれることになった。

待っている間、針もつけずに餌をつけた糸をプラプラさせていると、それまで昼寝をしていたケダマが匂いにつられて目を覚ますなり、食いついた。これ魚用のだけど、構わないのだろうか。嫌そうな顔をしつつも、ケダマは食いついたまま離れない。嫌なら無理に食うなよ。

ケージの中のケダマを釣り上げて遊んでいると、店主が戻ってきた。

「ははあ、そんなものが釣れるなら、マーメイドも釣れるかもしれねえなあ」

などと苦笑しながら、お古の一式をくれた。ありがたいことである。

これで準備は万端だ。

俺は礼をして店を出るなり、早速湖に向かうことにした。釣りができるということで、ライムもやる気に満ち溢れている。

それから街を出るなり、俺たちはウルフに乗って駆け、湖を目指したのだった。

◇

街を出て森の中をしばらく進んでいくと、小川のせせらぎが聞こえてきた。湖から流れ出た水が川となっているそうで、それを上流に辿っていけば、やがて湖が見えてくるとのことだった。

早速、俺たちは水音の大きくなるほうへと向かい始める。

ここらはやはり水分が多いということで、街の近くや谷のほうとは植生も異なっている。しかし、やはり俺にはよくわからないので、ウルフが食えそうだと判断したものを採っていくだけだ。

そうしていると、木々の向こうに涼しげな水の流れを見つけた。

俺はウルフから降り、なにかあったときすぐに対応できるように、魔物たちの小型化を解除する。

しかし、そんな心配は必要なかったようだ。

動くものと言えば、川を挟んだ向こうにいる魔物くらい。しかし、結構な川幅があるため、渡ってくるには時間がかかるだろうし、そもそも奴らが泳げるのかどうかも不明だ。

川の中にはなにかいるらしく、水底に影が見える。

遠くから覗いていると、向こうにいた鹿らしき魔物が、水の中にさっと飛び込み、小さな魚を咥えて、森の中に帰っていった。

どうやら、ここでも魚が取れるらしい。

目的の湖にはまだ遠いが、時間はある。とりあえず、川で肩慣らしといこうじゃないか。

釣竿に餌をつけ、俺は付近の様子を確認する。

「ケダマ、避けてくれ。そこにいると危ないぞ」

のそのそ、とケダマベアーが俺の背後から移動する。

……そうだ。こいつはおそらく潜れないが、なにもそうする必要はない。ぷかぷかと浮かべておけば、なにかしら食いつくんじゃないか？

あとで試してみよう。

そうして俺は一投。勢いよく飛んで、重りは川の中程に落ちた。

俺はほとんど釣りをしたことがないから、合わせ方もよくわからない。とりあえず、雰囲気だけでも掴めればいいかなあ、という目標の低さだ。

ぷかぷかとたゆたう浮きを眺めながら、俺は魚が食いつくのを待つ。じっと待つ。

……しかし、一向に釣れる気配はない。

うーん、俺のやり方が悪いんだろうか？　ワカサギなんかは、なにもしなくても結構釣れたんだけどな。いや、全然違うことはわかってるけどさ。

こんなになにもなにも起きないと、やはり飽きてくる。

ウルフはゴブと一緒に、そこらにある野草を漁り始めたし、ケダマは大あくびをしている。ライムは今のところ、俺の隣で一緒に眺めているが、いつまで持つことだろうか。

もう諦めて湖に行こうか？

俺がそんな考えに至った瞬間、浮きが勢いよく沈みこんだ。アタリか!?

俺とライムは一緒に釣竿に跳びついた。そして二人で引き上げる。かなり重い手ごたえだ。

これ、本当に魚なのか？　もしかして、流木に引っかかったとかじゃないのか。

それだとライムががっかりしてしまうだろう。俺はできるだけ、前向きに思考する。これはきっと、すごい大物に違いない。誰もが仰天してしまうような、大当たりに違いない。

ぐっと、竿を持つ手に力を込める。リールを巻き、一気に引き寄せた瞬間——水飛沫とともに、巨大な青緑色の魚が飛び出した。

……こいつはただの魚ではない。魔物だ！

頭部は魚そのものだが、そこから続く胴体は鱗に覆われた人型になっており、ヒレのような手足が生えている。

《マーマン　Lv8》
ATK18　DEF11　MAT19　MDF9　AGI11
【スキル】
「水魔法Lv3」

ステータスは高くない。だが、水魔法のレベルがそこそこある。

俺は剣を抜き、奴の動きを警戒する。このときにはウルフたちもすでに戦闘態勢に入っている。

マーマンは陸上でしばらくばたついていたが、すぐさま魔法を発動させた。川の水が浮き上がり塊となって、俺目がけて放たれる。

咄嗟に回避すると、水は後ろにあった小枝を砕き、バキバキと音を立てた。

致命傷になるほどではないが、当たれば相当なダメージを食らうことは間違いないだろう。

俺は剣を構えたまま炎魔法を使用。炎をちらつかせると、マーマンはこちらを警戒し始める。そのときにはすでにウルフが駆け出しており、背後にまで迫っていた。

背中から噛みつくと、水辺から引きずり出す。水が使えないとなれば、あとはただの魚男だ。

俺は一気に飛びかかり、奴に一撃を加える。それだけで虫の息になった。どうやら、陸上ではたいして強くない魔物らしい。

しかし、水中に引き摺(ひず)られてしまうと、俺たちではどうにもならない。そう考えると、結構慎重にいったのは、間違いではなかった。

俺はこの鱗に覆われた人っぽい魔物に主従契約を使用する。魔法陣は吸い込まれていき、やがて契約に成功した。

さて、こやつをどうするかだが、やはり合成しかないだろう。ステータスが低いのが気になるが、水辺を探索するにあたって、水魔法があれば便利なはずだ。

そしてレベルリセットによる戦力のダウンを考えると、もう混ぜる相手は決まっている。

「ゴブ、合成だ」

なにも活躍していないため、いまだにたいしてレベルの上がっていない穴掘りゴブリンしかいない。

奴は言われた通り、魔法陣に入っていく。普段はやんちゃするものの、こうして大人しく従ってくれるところは、嫌いじゃない。

そうして、二つの魔物から新たな魔物が生み出された。

緑色の鱗に覆われた胴体と四肢。指は普通の爪が生えており、頭は――ゴブリンのままだった。

《素潜りゴブリン　Lv1》
ATK17　DEF16　MAT8　MDF12　AGI11
【スキル】

「土魔法Lv1」「水魔法Lv2」


……ステータスなにも変わってなくね？

とはいえ水魔法が増えたのは幸いだ。

それにしても、こいつはゴブリンに拘りでもあるのか。何度混ぜてもゴブリン成分が消えないんだけど。

もしかすると、こいつを使っている限り、いつまでもゴブリンだったりするの？　個体によって、好む形態でもあるんだろうか。

そうして強化されたのは、水魔法だけではなかったようだ。俺の「成長率上昇」のレベルが2になっていた。

レベル上昇におけるステータス増加率をスキルレベルと同じだけの%分だけ増加させるものだが、どうやら、これまですでに上昇しているステータスにも反映されているらしく、わざわざ1からレベルを上げ直さずとも、恩恵が得られるらしい。

たかが1%といえども、増えたのには違いない。俺のステータスは変わっていないが、初期ステータスの高いライムとケダマはそこそこ増えていた。ウルフは合成されたばかりでレベル自体が低いので、そこまででもない。

俺はこれからどうしようか、と考える。

魔物とはいえ、一応釣れたわけだ。ライムもそれで満足している。というか、そもそも飽きてしまっていた。

ならば湖を目指すとしよう。

俺はウルフに乗って、ケダマとゴブを小型化する。それからウルフの背に乗せようとしたのだが——素潜りゴブリンは、鱗がぬるぬるしていた。

うわあ。ちょっぴり生臭いかもこれ。

俺はゴブを、ウルフの頭の近くにおいた。俺が乗らない場所なら、まあ多少臭くなってもいいだろう。

ウルフは頭の上にしがみついているゴブの臭いに嫌そうにしていたが、ゆっくりと歩き出した。

お前、ゴブと仲よかったんじゃないのか。ひどい扱いだな。

◇

やがてウルフが鼻を鳴らし、少々速度を落としたので、俺もそちらに意識を傾ける。なにやら、甘い匂いが漂ってきているようだ。

俺は合図を出してウルフから降りて魔物たちの小型化を解除する。

匂いで釣って、ぱっくりといただいてしまう食人植物の可能性もある。俺は慎重に、草木を掻き分けながら森の中へ。

しばし進んでいくと、向こうに匂いの元が見えた。

木々の合間に巨大な蜂(はち)の巣がある。大きさは一メートルを超えるほど。

その周りを、蜂の巣のサイズに比すと小さな蜂が大量に飛び回っている。

《リトルビー　Lv2》
ATK3　DEF2　MAT1　MDF1　AGI10
【スキル】
「毒針Lv1」

一体一体は非常にステータスが低く、スキルにさえ気をつけていればなんとかなる。しかし、数百、下手をすると千を超えるかもしれない数を相手にするのはあまりにも難しい。

蜂の巣自体は魔物ではないため、付近の邪魔者を駆除してしまえば、一般的な品と比べ遥かに上質な蜂蜜が手に入る。

だがしかし、俺はそんな全身を覆うような装備など持ってきてはいない。ライムはスライムだから刺されても多分大丈夫だし、ケダマとウルフは毛皮が厚いから問題ない。ゴブは鱗が硬いから、刺さらない気がする。

つまり、危ないのは俺だけ、ということになる。

どうするかな。

ケダマは蜂蜜の匂いに釣られ、気を抜けば飛び込んでいきそうな有様だ。しかし、向こうに大量の敵がいることはわかっているんだろう。

俺はしばし悩んだ結果……蜂蜜は諦めることにした。いやだって、あんなの無理だし。

しかし、奴らの駆除を諦める気はない。あれほど大量の魔物を一気に仕留めれば、低レベルとはいえ一気に経験値が得られるはずだ。

俺はライムと合図をし、タイミングを合わせて振りかぶる。

そして炎魔法を使用。拳くらいの塊を生み出すと、思い切り蜂の巣目がけて投げつけた。

蜂の巣は炎上し、中から燃えた蜂が飛び出してくる。俺が二発目、三発目をぶち込むと、もう火の玉となって、脱出できたリトルビーも黒く焦げていく。

俺はそんな奴らの動きを見ていたのだが、こちらに向かってくる個体もいる。どうやら、巣からやや離れたところにいたため、燃えなかった奴のようだ。

「ゴブ、頼む」

俺はさっと後退し、代わりに素潜りゴブリンが前に出る。

そして地面に手をつけ、一気に掻き出した。土魔法により柔らかくなった土が四散する。

それを浴びたリトルビーは、やや高度を落とし、それでもふらふらと向かってくる。

しかし、ケダマとウルフが飛びついて、すぐに倒していった。

ふー。なんとかなったな。

毒を食らわなかったことに安堵しつつ、焼け焦げた巣を眺める。念のため、ウルフたちを先行させ、俺は後からついていく。

あちこちに、魔物の死骸の破片が残っている。しかし、焦げた羽なんかは売り物にはならないだろう。

蜂の巣には幼虫なんかが残っていないかと思ったものの、すべて片づいてしまったらしい。

生まれたての魔物は意志がないということで「主従契約」が効き、よく魔物使いに捕獲されているそうだ。成長すると手がつけられないドラゴンなんかは、この手法で捕まえるらしい。もっとも、契約を済ませたところで、親ドラゴンに見つかれば食い殺されかねないのだが。

それはさておき、今回はそんなわけにもいかなかった。そもそも、こんなステータスの低い魔物を混ぜても弱体化するだけの気がしないでもない。

ケダマは嬉しそうに焼けた蜂の巣を舐めたりしている。どうやら、蜜はまだ残っているところがあったようだ。そこにゴブとウルフまで群がっていく。

そういや、ケダマは一応熊だったな。蜜が好きなのも当然か。

そろそろ移動したいのだが、蜂の巣を持って歩くのは嫌だ。万が一、中から蜂が出てきたら跳び上がる自信がある。たとえ焼けたあとのものでも、俺は驚かずにはいられないだろう。

しばし、そんな奴らの姿を眺めながら、俺はステータスを確認する。レベルが二つ上がって、さらにステータス還元もレベル２に上がっている。そんなわけで、俺も中々の強さになった。

ケダマたちも満足しているし、この結果は悪くない。

それからしばし川沿いを遡上していくと、大きな湖が見えてきた。対岸が遥か遠く、霞んで見える。

緑の森林に彩られた湖面は、見上げた空よりもずっと青く、水は澄んでいるものの相当な深さがあるのか、底は見えていない。

なるほど、確かに見事な風景だ。

魔物さえいなければ、この涼しく穏やかな一帯は、昼寝をするにも釣りをするにも、絶好の場所であろう。

ぐるりと見渡せば、釣りをしている者の姿がある。武装していることから、漁師ではなく傭兵たちだろう。

彼らは暇を持て余しているのか、釣竿を垂らしたまま、寝転がっていたりする。しかし、やはり警戒自体は必要なのだろう、常に二人ほど、湖と森を見ている者がいる。

俺にはそんな分担はできない。なにせ、まともに役割をこなせるのがウルフくらいしかいないのだから。たぶん、ケダマに頼んでも間もなくうたた寝を始めるだろうし、ゴブはそもそも敵が来ても気づかない可能性が高い。

となれば、やはり俺が起きていてなんとかするしかないのだろう。

この世界に来てからというもの、俺は動きっぱなしだから体力はあるし、休息もたいして必要ない。だから見張りをすること自体は問題ないのだが、やはり退屈は敵である。

どうやって時間を過ごそうか。

そう思うこと自体間違っているのかもしれないが、先ほどの釣りで暇だったことを考えれば、仕方がない。

俺はとりあえず釣り糸を垂らし、獲物がかかるのを待つ。

確かに、普通に森や谷に行くよりは、交戦が少ないだろう。呑気なものだ、と我ながら思ってしまう。

特に今日は天気がいいせいで、ますます眠気を誘う。ライムはケダマの上に座って、俺を眺めていた。ぱたぱたと足を動かして、どうにも暇そうだ。

「……釣れないなあ。餌が悪いのか、俺の腕が悪いのか」

ぼやいていると、視界の隅で動いている素潜りゴブリンが目に入る。水の中に入って、ちゃぷちゃぷと遊んでいた。

……これだ！

俺は釣り道具の中からロープを取り出し、ゴブを手招きする。

湖から上がって、俺のところにやってくるゴブ。こやつに任務をやろう。

「よし、いいか。これから湖に潜ってもらう。そして人魚を見つけ次第、報告してくれ。いや、報告はいいや。とりあえず見つけてくれ」

共感覚があるため、ゴブが見つければ俺はすぐにわかる。だから、見つけさえすればあとはなんとでもなろう。

奴はなんだかやる気がある。潜るのに関しては嫌じゃないようだ。

俺はせっせとゴブの胴体にロープを巻いていく。

鱗がつるつると滑るが、腰のあたりで解けないようしっかり結べば完成だ。

「さあ、行ってくるがいい！」

ケダマとウルフが見守る中、ゴブは勢いよく湖に飛び込んだ。大きな水柱が上がり、近くにいた俺は頭から水をかぶることになる。

……こいつ本当に泳げるのか？

そんな疑問を抱かずにはいられない。しかし、なんとかなっているようだ。

ゴブは水中でじたばたと手足を動かしているだけで、推進力が働くどころか、かえって邪魔になりそうな動きである。しかし、水魔法によって付近の水ごと動かすことで、どんどん進んでいく。

なるほど。この魔法はこうやって使うのか。

一応、俺も水魔法が使えるようになったため、いざというときでも溺れることはなさそうだ。とはいえ、自分から水中に行く気はないんだけれど。

だって気温がそこそこあるとはいえ寒いだろうし、そもそも泳ぐのは得意じゃないし長らく泳いでもいない。それに、万が一なにかあったとき、慣れない水中じゃまともに身動きもとれないじゃないか。

だから、ゴブを行かせればよかろう。俺の判断は間違っていないはず。

やがて、水中のゴブから反応がある。なにやら魔物を見つけたようだ。

ずんずんと泳いでくる魔物。

……残念ながら人魚ではなく、マーマンであった。

そのまま倒して奥に進んでほしいものだが、ゴブは撤退を始めた。仕方がないので、俺はロープを引っ張ってやる。

しかし、あまり早く引きすぎても、魔物が引き返してしまう。だから、適度に行う。

どうやら、マーマンは素潜りゴブリンにかなり興味を示したようだ。こんな魔物、そこらにいないからだろう。ゴブリンが水中に潜るなんて、そうそうあることではない。

やがて、ゴブリンが水上に飛び出すと、遅れてマーマンが続いた。

俺はすかさず、炎魔法により生み出した炎を投擲。そして燃え上がるマーマン。

慌てて逃げようとする奴に対して、俺は水魔法を使用。奴が潜らんとしていた湖面が盛り上がり、魚の頭をしたたかに打つ。

反動で俺たちのほうに飛んできた奴に、ライムが炎を投げつけた。

たった二度とはいえ、やはり炎には弱かったのだろう。マーマンは絶息（ぜっそく）した。

しかし、これに満足しているわけにはいかない。俺の目標は、マーメイドを捕まえることにあるのだから。

「さて、ゴブよ。リトライだ」

渋々、奴は潜っていった。今度こそ、人魚を見つけてくれるだろう。

13

なかなか人魚が見つからなかった俺は、ケダマを湖面に浮かべていた。

てっきり、ケダマだから浮かぶのが精いっぱいだろうと思っていたのだが、ここは熊の性質が強く出ているらしく、泳ぎはかなり速い。ちょっと信じられないが。真っ黒な毛玉が水上をすいすいと動くのは、なんとも奇妙だけど、楽しそうなのでまあいいや。

そんなケダマの上にはライムが乗っている。彼女は先ほどまでは、自分で泳ごうと頑張っていたのだが、うまく泳げなかったのですぐに飽きてしまったようだった。

俺はウルフにもたれかかりながら、釣竿を眺める。

釣れないなあ。

一通り、この辺の魔物は倒してしまったため、あとはゴブからの報告を待つばかり。もうかなり深いところまで行っている。

そろそろ底が見えてくるだろうか？

そんなことを思ったときだった。

向こうで動くものをゴブリンの目が捉えた。慎重に進むよう、俺は命令を出しつつ、共感覚により正体を探る。

水上からはかなり距離があるため暗く、ゴブリンの視力ではほとんど見えない。

瞬間、向こうで闇が揺らいだ。

（……ゴブ、上がれ！）

俺はロープを思い切り引っ張る。ゴブは慌ててじたばたしたが、すぐに大人しくなった。そして水魔法により浮力を得る。

あたかも闇が迫り上がってくるように、近づいてくるものがあった。

よく見えないが、長い魚のような形をしている。俺自身の視界には映らないため、鑑定は使えない。それゆえに、なんとか見ようとしていたのだが、ゴブはもう湖面目指して突き進むばかり。

だから俺はなにが追ってきているのかもわからずに、ただロープを引っ張り上げることしかできない。

（ゴブ、下を見ろ、下を！）

何度か指示を飛ばすと、ちらり、とゴブは下を見た。そこには、のっぺりしたお面のような顔があった。俺は思わず驚いてしまうが、ゴブも同じだったらしく、じたばたと暴れはじめた。

しかし、その分抵抗が大きくなって、なかなか動かなくなる。

俺は必死で引っ張る。とにかく引っ張る。引っ張って、引っ張って――ロープが切れた。

あ。

……ゴブ、すまん。俺が不甲斐ないばかりに。お前の死は無駄にはしないぞ。

途端、水飛沫が上がって、ゴブが顔を出した。必死になってこちらに泳いでくる。どうやら、もうすぐそこまで来ていたため、自力で泳いできたようだ。

そして奴を後ろから追いかけてくる魔物があった。

頭部には、先ほど見た仮面のような顔。彫像のように、よく整っているが、寒々しい感じを受ける。黒く長い、艶やかというよりは野性的な、水気を吸って膨らんだ髪が張りついていた。

上半身は剥き出しである。

……剥き出しである。俺はピュアなので、ちょっと直視しにくい。もちろん、チラチラと見るのは欠かさないけれど。

しかし、どうやら泳ぐときに抵抗が発生するからなのか、胸はさほど大きくなく、先端部の突起も存在していない。ちょっと残念――いや、幸いである、おかげで俺はなんとか見続けることができたんだから。

腰から下のあたりは、青緑色に輝く鱗に纏われた尾。魚っぽいが、内臓とかはどうなっているんだろう。骨盤の中に納まっているんだろうか、そもそも骨盤なんてあるのか？

俺は思わず色々考えてしまい、反応が遅れた。そうだ、それより確認しなければ。

《マーメイド　Lv22》

ATK32　DEF27　MAT81　MDF58　AGI28

【スキル】

「水魔法Lv5」

のんびり見ている場合じゃなかった！

やばい、これ気を抜いたらぶっ殺されるぞ。

魔法攻撃が高すぎて、ライムくらいしかまともに耐えられそうもない。ケダマでもちょっときついし、あとは一撃でも貰うと……

撤退すべきかと思考した瞬間、マーメイドの周りの水が大きく浮き上がった。巨大な水球が空中に上がり、そして無数の弾丸として一斉に放たれる。俺の退路にあった木々が薙ぎ倒され、道を塞いでしまった。よじ登ればなんとか越えられないこともないが、背を向けているうちに狙い撃ちされてしまうだろう。

逃す気はないらしい。

俺がゴブの救助のために縄を投げると、奴はしかと掴んだ。そしてこちらへと引っ張るのだが、間に合わない。マーメイドはすでにゴブリンへと手を伸ばしつつあった。

俺はウルフにしがみつくなり、岸から思い切り駆けさせる。そして跳躍。

ゴブリンの頭上を越え、マーメイドに頭上から飛びかかった。ウルフは吠える。友人を守るように勇ましく、強く。

初手は後れを取ったが、反撃は俺のほうが上手(うわて)だったらしい。マーメイドはまさか、ひとっ跳びでそこまで距離を詰められるとは思ってもいなかったようだ。

ウルフが伸ばした爪から、身をよじって逃れようとするも、僅かに先端が引っかかった。

「キシャアアアアア！」

野生の雄叫びを上げるマーメイド。どうやら、高度な知性を持っているわけではなさそうだ。

距離を取る相手に対して、ウルフは尻尾を向け、犬かきをしながら陸地を目指す。途中、ゴブを咥えて背に乗っけることも忘れない。

うまく足と尻尾を使って推進力を得ているが、元々陸上の生き物なのだから、あまり速くはない。

俺は水魔法により補助するが、焼け石に水だ。

後ろから旋回(せんかい)したマーメイドが迫ってくる。かなり早い。

まずい。このままでは捕まってしまう。

そう考えた瞬間、すいすいとこちらに泳いできたケダマが鳴いた。食い意地も張っているが、それ以上に仲間思いの奴なのだ。

こやつならば、マーメイドの速度にも対抗できるだろう。

俺はウルフからケダマに乗り移る。魔物たちが皆乗り込むと、さすがにケダマの動きも鈍るが、俺とゴブで水魔法を用いてケダマの動きを強化することで、その分を補う。

マーメイドはケダマを目標と見なすや否や、付近の水を掻き集めるように、魔法を使用。

どこまでもどこまでも水が集まって……津波が生じた。

かなり高く、このままなにもせずに待っていれば、呑み込まれ、陸地の木々に打ちつけられてしまうだろう。

しかし、こちらから水をぶつけたって意味はない。波というものは、両方向からぶつかったところで、すれちがうだけであって、打ち消されるわけではないのだ。

だから別の方法を考えるしかない。

土魔法で防波堤(ぼうはてい)を作るか？　いや、そんな丈夫なものはできないだろう。それに、なんの解決策にもならない。

どこかで反撃に出なければならないのだ。そして、相手が油断している今が好機なのは間違いない。

「……ゴブ、俺にタイミングを合わせてくれ」

俺が真面目な顔で言うと、ゴブは頷いた。そして気の抜けた返事がくる。

「ゴブゴブ」

なんとも頼もしくないが、まあいいだろう。

いざとなれば、俺一人でもなんとかなる……なるよな？

どうやらこちらも頼もしくないようだ。

しかし、ライムやケダマ、ウルフは全幅（ぜんぷく）の信頼を寄せて俺の指示を待っている。ならば、やらなければならないことはもう決まっているだろう。

「マーメイドのいるところに向かって進んでくれ」

ケダマは俺の指示通り、津波の発生源であるマーメイド目がけて進んでいく。

そして、高い波が俺に向かってくる。このまま失敗すれば、呑み込まれ、衝撃で吹き飛ばされてしまうだろう。命が危うい。

心臓がばくばくと音を立てる。

もし、ここで魔法がうまく発動しなかったら。もし、成功してもマーメイドに狙い撃ちされたら。

いろいろと不安が脳裏を過（よぎ）る。

俺は一つ大きく息をのむと、自身を鼓舞（こぶ）するように叫んだ。

「掴まれ！」

ライムたちがケダマにしっかりとくっつくと、俺はゴブと同時に水魔法を使用。ケダマの真下にある水が、勢いよくせり上がっていく。

どこまでもどこまでも上がっていくかと思いきや、高くなるにつれて上昇率は悪くなってくる。

二人で使用しているとはいえ、水魔法のレベルは2なのだ。

もう、津波は目の前まで来ていた。高さはまだ足りない。このままでは――

「くっそおおお！　いけえええ‼」

ありったけの体力で水魔法を用いた瞬間、浮遊感が体を襲う。俺たちの体は空中に投げ出されていた。

津波が真下に見える。

……成功したのだ！　俺は思わず胸を撫で下ろす。

だが、これで終わりではない。俺たちはこのまま落下してマーメイドがいるところに向かっていく。すなわち、格好の的ということだ。

俺はケダマを小型化し、素早く掴む。

そして俺たちに気づき、魔法を発動しはじめようとしているマーメイド目がけて、思い切り投げつけた。

「くまー！」

真っ黒な塊が飛んでいく。

マーメイドは気づいたようだったが、僅かに体をずらすだけで、ケダマの着水予想地点から離れた。

しかし、それは仇となろう。

俺はケダマに引き続き、ウルフとゴブを投げる。こやつらは、マーメイドのいる場所より少しだけ離れたところへ。これで逃げ場はなくなった。

ケダマはマーメイドに迫ると、小型化を解除され、巨大な塊となった。そして素早くマーメイドに掴みかかる。

そんなことは想定していなかったのだろう、マーメイドはあっさりとケダマの両足に捕獲されてしまった。

そこに、ウルフとゴブが到着。ゴブが水魔法ですかさずマーメイドを打ち上げる。

そうしてケダマの上に乗せられたマーメイドは、陸地へと輸送されていく。

陸上では能力が半減するのだろう、マーメイドは慌てて水球を生み出すも、発生速度は遅いし小さなものだ。

このときすでに俺は敵の攻撃を阻止すべく動き出していた。

水魔法で泳いでケダマに追いつくなり、マーメイドへと剣を突きつける。

マーメイドは獣じみた唸り声を上げていたが、この意味くらいは理解できたのだろう。空中に浮かび上がりつつあった水球は霧散していった。

俺たちの勝ちである。

◇

すっかり水浸しになり、木片などが散らばった陸地に上がると、俺は主従契約のスキルを使用する。

抵抗するかと思いきや、マーメイドはすんなりとそれを受け入れた。

どうにかこのまま連れていきたい、と思うのだが、そもそも俺の主従契約のレベルでは、四体までしか連れていけない。となれば、どれかを逃がして入れ替えるか、合成するしかない。

ライムはもちろんのこと、ケダマにも愛着はあるし、ウルフもなかなか気に入っている。ゴブも……ウルフと引き離すのはちょっとかわいそうだ。

うーん、どうしようかなあ。マーメイドはステータスが高いから、合成すればなかなか強くなりそうなんだけど、ゴブに混ぜるのはちょっと……ひどい魔物ができそうじゃないか。マーメイドの顔がゴブリンになったら、悔やみきれない。

今のメンバーを考えれば、水魔法が使えるゴブに混ぜるのが一番バランスがよさそうだ。しかし……それって、ゴブ成分いらなくね？　マーメイドにそのまま入れ替えればよくないか？

うーん。ゴブよりマーメイドのほうが華がある。しかし、多分陸上では活動が難しいだろう。となれば、そのまま連れていくのは難しいか。

俺がそうして悩んでいるのが伝わってしまったのか、それとも完全に関係ないのか、ライムが魔法陣に向かっていく。

「ライム？」

彼女はマーメイドをしげしげと眺める。そして自分の体をペタペタと触った後、マーメイドの体を撫でる。

そういえば最近、彼女は自分と街の人々を見比べていた。スライムであることから生じる周囲との差異を感じ取っていたのか、それとも大人びた体つきへの羨望（せんぼう）なのかはわからないが、いずれにせよ、なんらかの感情を抱いていたのは間違いない。

こんなとき、どうすればいいんだろう。

多分、子育ての本を見たって、明確な答えなんか載っていないはずだ。そもそも、魔物少女の育て方は、一般的に知られているものじゃないんだから。

俺がそんな悩みを抱えてうんうん唸っていると――魔法陣が輝き始めた。

……ん？　これって、合成のスキルだよな。あれ、俺は使った覚えがないぞ？

そういえば、俺は魔物を自分のスキルで合成した記憶がない。合成されろ、と指示を出したことは何度もあるが。

もしかして魔物合成って、配下の魔物自体に合成する能力を与えるスキルなんじゃなかろうか。

となれば、拒否権どころか、合成するか否かは最初から魔物に委（ゆだ）ねられていることになる。

このあたりを考えると、魔物と魔物使いの関係は、主従だけでは形容できないものなのかもしれない。

やがて魔法陣の輝きが消えると、そこにはライムの姿があった。俺はほっとしつつ、彼女を眺める。

やはりスライムな肉体なのだが、全体的に成長している感じがする。顔つきはやや大人びているし——といっても、元々が子供同然だったので、いまだに子供っぽいのだが——水色の髪は伸びて肩甲骨(けんこうこつ)の半(なか)ばくらいまである。毛先はこれまで同様、のっぺりとしているが。

そしてすっぽんぽんの上半身。サイズなどの都合で入りきらなかったのか、はたまた合成のときにすべて脱げるのか、衣服は足元に重なっている。

手はほっそりして長く、脂肪が少なくなった。ちょっとぷくぷくしていたこれまでと違って、指まですらりとしている。そして鎖骨からへそにかけて、女性らしいラインができつつあった。

僅かながらも生まれた腰のくびれ、幼いながらも確かな胸の膨らみ。

さらに下に視線を落とせば、人魚の尾がある。鱗っぽいものはなく、つるつるしたスライム状のものなので、やけにシンプルに見える。

……うん？　これって、歩けるのか？

俺の疑問はすぐに解決した。ライムは歩こうとして、すてん、と転ぶ。

「大丈夫か？」

「むー……」

ライムは頬を膨らませつつ、なんとか起き上がろうとするも、人魚の尾ではうまくできない。しばし挑戦し続けた結果、尾をばねのように使って、ぴょんぴょんと跳ねることで移動はできるようになった。

しかし、彼女は満足できなかったんだろう。座り込むと、自身の足をペタペタと触り始めた。するとどういうことか、彼女の尾が二つに分かれていき――人の二つの足が形成される。

……そういえば、すっかり忘れていたが、ライムは元がスライムだし、人の姿は擬態しているだけなんだっけ。

となれば、元の姿を取り戻すのは容易いことなのかもしれない。成長した上半身に合わせて、下半身も伸びた脚。

なんとも魅惑的で、俺はつい目を逸らした。

「しーん。えへへ」

そんな俺に、ライムが飛びついてきた。

変わらずのつるつるした触感。ぎゅっと抱きつくと、心地よい弾力がある。

どうやら成長したのが嬉しいようだ。そういうお年頃だったのかもしれない。実年齢とか知らないけれど。

そんなことを考えて冷静さを保つ俺。そして頬ずりしてくるライム。

なんだか恥ずかしくて仕方がなくなってきたので、俺は彼女に優しく、紳士的に告げる。

「ライム、よかったね。でもそろそろ服を着ないと、風邪引いちゃうよ」

そもそもスライムに風邪を引くとかあるんだろうか。

いそいそとドロワーズを身につけるライムを見ながら、そんなことを思った。

それからふと、すっかり忘れていた鑑定を発動させる。

《マーメイドスライム　Lv1》
ATK9　DEF34　MAT25　MDF31　AGI9
【スキル】
「擬態Lv4」「炎魔法Lv1」「水魔法Lv3」

エナジードレインが消えてしまった。幽霊成分がほとんど残っていないからだろうか。

しかし、炎魔法が残っていたので俺はほっとする。これこそ俺のメインとなる攻撃方法なのだ。なくなってしまっていたら、俺はもう魔物たちの後ろで応援することしかできない。

それにしても、水魔法を持つ魔物が二人。こうなれば、水辺の探索も楽かもしれない。

しかし……当面はいいかなあ。俺たちはすっかり濡れているし、十分探索した感じがある。

あとは擬態だが、レベルが一つ上がっていた。なるほど、これでライムは俺の名をなんとか呼べ

るようになったのか?

初期ステータスが上がっているとはいえ、レベル1から上げ直しだ。ゴブもレベル1のままだし、俺のパーティはかなり弱体化している。最終的には強くなるとはいえ、今のところ、強敵に遭遇するとちょっとまずい。ウルフに乗って逃げるくらいしかできない。

となれば、近場でのんびりとレベルでも上げるのが一番よさそうだ。しばらくは、あくせくと働くのはやめにしよう。

そう考えていうちにライムが着替えを終えた。しかし、ちょっぴり裾が短い。新しい服を買ってあげないと。

それにしても……マーメイド成分、ほとんどないなあ。

「さてと、帰ろうか」

荷物の一部は湖に入ったときに流されてしまったが、魔物由来の素材などは俺の腰の袋に入っていた。だから少ないとはいえ、今日の収穫はある。それに生活費もまだまだ残っていた。

俺はウルフに乗り、その後ろにライムが跨(また)がった。

今日はよく働いたケダマとゴブは疲れたのか、ウルフの上で船を漕いでいる。

このパーティもなかなかいい形になってきた。ちょっとだけ、こいつらを頼もしく思いながら、俺たちは街に戻っていく。

道中、魔物を倒していくも、ライムのレベルはなかなか上がらない。やはり初期ステータスが高いせいで、上がりにくいらしい。地道にやっていくしかなかろう。

俺は新たな魔物で構成されたパーティを、そして今晩の祝勝パーティを思うのだった。

14

その日、街中は行き交う人々で賑わいを見せていた。

もうすぐ収穫祭があるのだ。人々はそれに合わせてドレスを新調したり、知り合いに声をかけたりと、忙しそうである。

俺たちはそんな雰囲気を楽しみながら、街中を行く。

「しん。ごはん」

俺の服の裾を引っ張りながら、ライムが言う。彼女は言葉を結構話せるようになった。といっても、いつもこれくらいなのだが。

「そうしようか」

近くの店に入って、俺たちはメニューを眺める。

もうすぐ祭りがあるということで、メニューもそれに即したものだ。

木の実などを蒸したものや、キノコ類を茹でたものなど、なんとなく秋になったのかなあ、と感じさせる。

とりわけ値段の高いものに、マモノダケという、キノコ型の魔物から取れた身を使ったものがある。どうやら希少価値が高いらしく少量でも結構な額になっているが、ライムはそれが食べたそうにしているし、ゴブとウルフもチラチラ気にしている。ケダマはなんでもいいのか、むしろあちこちから漂ってくる食べ物の香りに夢中だ。

よし、これにしよう。

俺は注文を済ませるなり、座って店内を眺める。どこもかしこもお祭り気分で、取れた野菜なんかが飾ってあったりする。大きさを比べるようなコンテストがあるのかもしれない。

ライムはそのうち、お洒落（しゃれ）な花冠を手に取って、頭に載せてみる。そして俺に見せるように、くるりと一回転。

「しん。どう?」

「うん、似合ってる。可愛いよ」

「えへー」

ライムはこれまた嬉しそうに破顔（はがん）する。

そんな彼女を見ながら、ケダマは涎を垂らしていた。

まさか……お前、食スライムに目覚めてしまったのか⁉　と思ったのだが、気になっているのは花冠についている実のほうだったようだ。

俺はほっとしつつ、こやつも困ったものだ、とため息を吐く。

そんなことを考えていると、料理が運ばれてきた。

ほっかほかの湯気が立っており、実に豊かな香りが漂ってくる。それだけでつい唾液が出てしまうのも仕方がないだろう。ケダマのことを言ってもいられない。

「お待たせいたしました。マモノダケと季節の野菜炒めと、マモノダケの炊き込みご飯です」

沢山の野菜に紛れていながらも、キノコの香りはしっかり残っている。しかも、そこまで残っているにもかかわらず、癖はなく上品な香りだ。

さらに色とりどりの野菜は目をも楽しませてくれる。優雅な貴人の姿さえ連想してしまう一品だ。

ご飯のほうも、簡単な味つけしかされていないことが、かえって風味を引き立てている。

まだ口にしてはいないというのに、ここまで食欲をそそられるとは。魔物の食材、おそるべし。

俺は思わず、スプーンを刺し込む。そして一口――その途端、ケージがガシャガシャと鳴った。

魔物たちが催促しているのである。

俺は開いた口を一旦閉じて、それから小皿に奴らの分を取り分ける。

小型化しているおかげで、たいした量はいらないとはいえ、元々が少ないため、俺の器の中身が寂しくなる。

「しん、美味しい！」

ライムがうっとりしながら言う。育ちざかり（かどうかはわからないけれど）のライムから分けてやるわけにはいかないから、ここは俺が我慢すべきところなのだ。それでこそ、魔物たちのリーダーというもの。できるリーダーは、こんなところでいちいち不満を零さないのだ。

俺は寛大な態度で、野菜の載った皿をケージの中に入れてやる。

すると、再び不満の声。

……ちっ。気づかれたか。

俺がキノコをひとかけらだけ分けてやると、ようやく魔物たちは大人しくなった。

それから俺は優雅に食事を始める。

まずは野菜。こちらはよく火が通っており、味もしっかり染み込んでいる。なにより、マモノダケの風味だけで、いくらでも食べられそうだ。

そしてメインとなるマモノダケ。

小さな欠片だが、口に入れた瞬間、存在感が溢れ出す。

染み出す旨味、独特で癖がなく、それでいて病みつきになりそうな味わいが、脳天までせり上がってくる。

……これは旨い！

コリコリとした食感が、そして同時に起こる軽快な音が、舌を、耳を楽しませる。

喉元を過ぎていくと、口中のほのかな香りとともに最高の後味を残していた。

俺はたまらず、次から次へと料理を掻き込む。食べれば食べるほどに、どんどん味わいが増してきて、手が止まらない。

野菜炒めと炊き込みご飯は見る見るうちに減っていく。

「ごちそうさま！」

完食だ。

腹八分だが、これ以上食べたい欲求はない。すでに満たされてしまっているからだ。

俺はしばし放心しながら、天井を見上げていた。

この俺が、ここまで食い物にしてやられるとはな……

余韻に浸っていると、ケダマたちはまだ足りなかったらしく、俺にねだってきた。雰囲気ぶち壊しじゃないか。いや、そもそも、そんなものを理解させるのは無理かもしれない。だって魔物だし。

しかし、まだ美味しそうに食べているライムのをやるわけにはいかない。

「また今度、来てみようか？　このキノコ、美味しいよね」

「おー！」

ライムが嬉しそうに微笑む。

しかし、そううまくいくものではないらしい。会話を聞いていた店員さんがこちらにやってきて、頭を下げる。

「申し訳ありませんが、マモノダケの仕入れは目途が立っておらず……次はいつになることか」

「そうなんですか」

「せっかくのところ、申し訳ありません。普段は滅多に取れない高級食材なんです。この時期は増えますし、今年は特に多いらしいので、うちみたいなちんけな店でもなんとか仕入れることができたのですが……」

どうやら、この季節に相対量が増えるといっても、絶対量が多くはないため、高級店に取られてしまうらしい。

となれば、俺が次にすべきことは決まった。

俺は一つ、大きく息を吐く。それから、食後の余韻に浸っているライムたちに告げる。

「キノコを取りに行こう」

そう、取りに行くのだ。俺自身が取りに行けば食べ放題ではないか！

ライムが頷く。ウルフが小さく唸り、ゴブが騒ぐ。ケダマがケージの中で転がりまわる。

俺たちの気持ちは、今一つになっていた。

行き先はもう決まっている。そこらの山に行ってもすでにマモノダケは刈り取られているだろう。

だから、誰も入らないところに行けばいい。

そう、人が近寄らないという山だ。美女が出るという噂も気になる。

新たな冒険の予感を胸に、俺たちは立ち上がった。

◇

光が差し込まない薄暗い社の中、一人の少女が佇んでいた。

まだ年若く、顔にはあどけなさが残っている。黄金のように美しい髪が僅かな光に輝き、どこか大人びた印象を与えていた。

なによりも特徴的なのは、頭部からぴょこんと飛び出している大きな狐の耳と、臀部から生えている尻尾だ。

それは彼女が人ならざる証左。

人の年齢にすれば十六かそこらといったところの少女は、瞬きもせず、じっと考え込んでいた。

その表情には幼さのかけらも残っていない。

あたかも死を覚悟したかのような悲痛な面持ちで顔を上げると、社の奥にいる人物をしかと見据える。

「姫様」

少女がそう呼びかけた相手は、気品の溢れる女性だった。

腰まで届く純白の髪と和装に似た衣服のせいか、しとやかに見える。彼女も白い狐耳を生やしているが、尻尾はなかった。

姫はゆっくりと、少女を見て口を開く。

「ここに来たからには、言いたいことがあったのでしょう。遠慮せずにおっしゃってください」

あたかも稚児を見守る母のように、慈愛に満ちた様子で姫は少女を見ていた。だというのに、どこか苦しげにも思われる。

姫は聞かずとも、少女が言いたいことは理解していた。けれど、言葉にしなければならないことだった。彼女を死地に送り込むために、残酷な決意を引き出さねばならなかった。

「敵はすでに攻め込んできています。もはや一刻の猶予もありません。明日、私たちも打って出ます。どうか、許可を」

いつしか少女の手の中には、一筋の槍があった。

その穂先だけがぼんやりと浮かび上がり、鉄の輝きを見せつけている。

「……わかりました。許可しましょう。どうか、無事に帰ってきてください」

少女はそれ以上、なにも言わなかった。いや、言うことができなかった。

くるりと踵を返すと、社の外へと向かっていく。姫はその後ろ姿から目を離すことができなくなった。

一歩、二歩。足音が遠ざかっていく。

「どうか、ご無事で……」

繰り返された呟きは、誰の耳にも届くことはなく、薄暗い社の中で反響するばかり。

姫はもはやそこにはいない少女の姿を追い求めるように、視線をさまよわせる。けれど、どれほど待ったところで彼女の姿はもう見えない。

彼女の面持ちだけが、いつまでも強く印象に残っていた。

破賢(はけん)の魔術師

I am a HAKEN

うめきうめ

Umeki Ume

確かに 元派遣社員 だけど、なんで俺だけ

職業【はけん】!?

ある朝、自宅のレンジの「チン!」という音と共に、異世界に飛ばされた俺——出家旅人(でいえたひと)。気付けばどこかの王城にいた俺は、同じく日本から召喚された同郷者と共に、神官から職業の宣託を受けることになった。戦士か賢者か、あるいは勇者なんてことも?……などと夢の異世界ライフを期待していた俺に与えられた職業は、何故か「はけん」だった……。確かに元派遣社員だけど、元の世界引きずりすぎじゃない……?

ネットで話題!　はずれ職にもめげないマイペース魔術師、爆誕!

◉定価:本体1200円+税　◉ISBN:978-4-434-22594-9

◉Illustration:ねつき

◎各定価:本体1200円+税　◎Illustration:やまかわ

貴族のお坊ちゃんだけど、世界平和のために勇者のヒロインを奪います
1・2
大沢雅紀
Osawa Masaki
ネットで大人気!
世界の命運を託された
お坊ちゃんが
手にしたのは、
現代の不要品召喚能力!?
ガラクタ
悪役お坊ちゃんの
異世界救済ファンタジー、開幕!
元銀行員のニート青年が、とあるゲームを攻略後に突然死する。直後、彼の元に現れた女神が明かしたのは、そのゲームは異世界の未来を予見して作られたということ、そして、クリア後に訪れる本当のエンド――ヒロインたちに振り回され、勇者が異世界を滅ぼすという絶望の未来だった。女神の願いを受け、異世界救済を決意した彼は、ゲームの鬼畜キャラ、悪役貴族リトネに転生。金融知識、現代の不要品召喚能力を武器に、滅びの運命に立ち向かう!
◉各定価:本体1200円+税　◉Illustration:伊吹のつ

佐竹アキノリ（さたけあきのり）
試される大地出身。2013年頃からWeb上で小説を書き始め、大学で学んだ制御工学の知識を生かした「異世界を制御魔法で切り開け！」で「第7回アルファポリスファンタジー小説大賞」特別賞を受賞し、出版デビュー。「異世界に行ったら魔物使いになりました！」が、書籍化作品二作目となる。

イラスト：こよいみつき
http://koyoimitsuki.tumblr.com/

本書は、「小説家になろう」（http://syosetu.com/）に掲載されていたものを、改稿のうえ書籍化したものです。

異世界に行ったら魔物使いになりました！

佐竹アキノリ

2016年 10月 31日初版発行

編集－村上達哉・宮坂剛・太田鉄平
編集長－塙綾子
発行者－梶本雄介
発行所－株式会社アルファポリス
〒150-6005 東京都渋谷区恵比寿4-20-3 恵比寿ガーデンプレイスタワー5F
TEL 03-6277-1601（営業）03-6277-1602（編集）
URL http://www.alphapolis.co.jp/
発売元－株式会社星雲社
〒112-0005 東京都文京区水道1-3-30
TEL 03-3868-3275
装丁・本文イラスト－こよいみつき
装丁デザイン－ansyyqdesign
印刷－中央精版印刷株式会社

価格はカバーに表示されてあります。
落丁乱丁の場合はアルファポリスまでご連絡ください。
送料は小社負担でお取り替えします。

ISBN978-4-434-22538-3 C0093